神様が殺してくれる

Dieu aime Lion

MORI Hiroshi

森博嗣

幻冬舎

神様が殺してくれる

Dieu aime Lion

森 博嗣
MORI Hiroshi
2013. 2

神様が殺してくれる

不義の子よ、世にお前を救ひうるものはたゞ一人しかをらぬ。おれの言つたあの男だ。その男を捜し求めるがいゝ。いま、その男はガリラヤの海に舟をうかべ、弟子たちと話を交してゐる。岸辺に膝まづき、その名を呼ぶがいゝ。その男がお前のところへ来たとき、その男は必ず来よう、自分を呼び求める者のもとへは、そのとき、お前はその足もとにひれ伏し、罪の許しを乞ふがいい。

（Oscar Wilde / SALOME）

——オスカー・ワイルド『サロメ』福田恆存訳、岩波文庫版より
各章冒頭の引用もすべてこれによる。

神様が殺してくれる

目次

登場人物

レナルド・アンペール　インターポール職員
リオン・シャレット　レナルドの友人
ミシェル　レナルドの婚約者
ジャカール　レナルドの恩師
イザベル・モントロン　フランスの女優
フレデリク・シャレット　ベルギーの資産家
カトリーヌ・シャレット　フレデリクの娘
オルガ・ブロンデル　フランスのダンサ
ジャンニ・ピッコ　イタリアのピアニスト
ザーラ・レッシュ　ファッションモデル
エジー・ノイエンドルフ　ドイツの写真家
ルネ・スーレイロル　パリの精神科医
テモアン　リールの刑事
ランディ　ミラノの刑事
ブルッホ　フランクフルトの刑事
クールベ　パリの刑事
オザキ　東京の刑事

プロローグ

何者だ、エドムの地より来たれるものは、深紅に染めし衣をまとひ、その都ボズラより来たれるもの、美さしき装ひに光り輝き、権威を笠に威張り歩くものは？ なにゆゑ汝の衣は緋色に染めてあるのか？

この物語は、僕の友人に纏《まつ》わる一連の忌《い》まわしい事件について、僕が知っていることを書き留めたものが基になっている。友人と呼んで良いのかどうかは、正直なところわからない。ただ、僕は彼のことを忘れたことは一度もなかったし、また少なくとも、発端となった事件の直後には、彼も僕の名を覚えていてくれた。何故なら、彼は、僕が殺人者だと証言したからだ。

これを聞いたとき、僕は二年半も彼と会っていなかった。大学を卒業したあと、彼とはなんの接点もなく、僕は就職をして、ただ普通に生活をしていた。けれど、この事件以降、結果として僕の人生は大きく変わってしまうことになった。

どう表現すれば良いだろう。なにか地獄の魔王から呼び出されたような、それとも、すっかり忘れていた苦い青春を一瞬にして躰《からだ》全体に蘇らせたような、とてつもなく眩《まぶ》しい光に照射されたみたいな衝撃だった。だからそれ以来、自分のために記録を残すようになった。日記ではなく、あくまでも、この一連の事件に関する記録だ。僕としては、自分を感情的な興奮状態から落ち着かせるため、そして、少しでも驚きを和らげるためだった。最初はそうだったと思う。

第一に述べておかなければならないことがある。それは、彼の美しさについてだ。これは、わざわざ僕が詳細に書くまでもないことだけれど、なにも知らない人には、この情報が不可欠だと思われる。つまり、どうして、こんなにも大勢の人間がこの事件に巻き込まれなければならなかったのか、という疑問に対する一つの答だからだ。それは、非常に単純で、しかも明快な答だろう。その美に引き寄せられた人間の多くが、不幸に見舞われた。それは、僕自身も例外ではない。

彼の特異性を、美のほかにどんな言葉で説明をすれば良いのか、僕には見当もつかない。美しいという言葉の真意でさえ、本当のところはよくわからない。みんながそれぞれに勝手に使っている表現だ。はたして共通の印象が存在するものかどうか怪しい。そんなものは個人の嗜好の問題だろうと言われるかもしれない。けれど、彼にはそれを超えたものが、たしかにある。この一連の悲しい事件がそれを証明している、という点が実に虚しい。美とは虚しいもの。そうとしか言いようがないだろう。

最初に彼を見たとき、僕はぞっとするほど驚いた。こんなに美しい人間がいるのか、という驚きだった。けれども、僕の理性が、自分の反応を遮断した。社会で生きている多くの人間が持っている常識的な能力が、この自己抑制を行う。

僕は、だから、それほど彼には近づかなかった。精神的には、という意味だ。けれども、多くの者が、彼の美しさに巻き込まれた。みんなが、彼から目を離せなくなった。ただそれは、セクシィだとかプリティだとかというよりも、もっと尊い存在のような圧倒的な神々しさなのだ。そこが、常識的な美人と異なっている部分だろう。言葉にすると、とても幼稚で滑稽《こっけい》に思われるかもしれないけれど、それは彼という実物を見れば、きっと多くの人が納得してくれるものと僕は思っている。

僕たちが最初に会ったのは、大学寮の一室、季節は春だった。彼は一年生で、僕は五年生（修士二年生）。彼は僕の四年下になる。僕の部屋は、二人部屋だったけれど、半年まえにルームメイトが出ていったので、ずっと一人だった。彼が寮に来たのは、入学して半年後のことで、イレギュラだったため、ほかの部屋はほぼ満室で、僕の部屋が一時的な措置で選ばれたらしかった。

大学はパリ市内にある。資格があれば入るのは簡単だが、歴史のある大学で、進級し、卒業するのは相当に大変だ。遊んでいる暇はあまりない。教授陣には著名な研究者が多く、名門と世間では言われている。寮も、キャンパスの中にあったけれど、ほとんど街へ遊びに出ることはなかった。特に、僕は修士論文を書かねばならないし、単位のための課題も沢山抱えていた。同室の彼が、いくら美しくても、それに見とれている時間はなかったといえる。

無事に論文を書き上げ、単位が取得できれば、僕はあと半年で大学を離れることになる。上へは進まず、就職するつもりだった。彼がどうしてイレギュラな時期にやってきたのか、その経緯はわからなかった。彼は、自分のことも、自分の家のことも一切語らなかった。だから、当時の僕は、彼がどこの出身かも知らなかったし、フランス人ではないだろう、と思っていたくらいだ。

彼の保護者を一度だけ見かけたことがあった。彼は、伯父だと言った。背の高い年寄りで、たいそう立派な髭を生やしていた。この人物は、ベルギーの資産家で、のちにフランスで殺された。繰り返して書くが、彼が教授に連れられて部屋に入ってきたとき、僕は本当に驚いた。そのときのシーンが今も目に焼きついている。前日に、新しいルームメイトが来ることは知らされていた。この教授は、僕の指導教官だったし、卒業後にも、つき合いがある。

教授は、その一年生の簡単な紹介をしたあと、僕の方をちらりと見て、片方の眉を上げた。ほら、どうだ、ちょっと凄いだろう、というような顔に見えた。

二人だけになって、僕は、とにかく話をしなければならないと思い、いろいろな質問を彼にした。でも、自分のトランクを部屋の隅に置いて、ベッドに腰掛けた彼は、ずっと壁を見つめていた。少し俯き気味のその横顔は、まるで絵のようだった。信じられない、と溜息が出た。もしかしたら、女性なのではないか、とも思えた。でも、そんな可能性はない。それに、女性の美しさとは明らかに違っている。今までに見たこともないシャープさがあった。滑らかな頬から顎への曲面は陶器のようだった。明るいブロンドの髪はカールして、肩にまで届いている。瞳の色は青い。

僕の質問には、頷いたり、首を捻《ひね》ったり、考えるように視線を遠くへやったりして反応するものの、これといって具体的な返事は、言葉として口から出なかった。

それでも、名前は教えてくれた。リオンという。セカンドネームとファミリィネームでは呼んでほしくない、と言った。レオンでも、ライオネルでもない。珍しい名だ。動物のライオンと同じスペルだ。僕は可笑《おか》しかったから少し笑ったけれど、彼は笑わなかった。驚いたような瞳でこちらを見た。射るように、青い目で。このとき、初めてその瞳が真っ直ぐに僕へ向けられたのだ。

「可笑しい?」彼は首を捻った。怒っている顔ではない。むしろ、優しく問いかけるような口調だった。

「いや、失礼、可笑しくないよ」僕は慌てて謝った。

「ごめん、疲れているから」

「ああ、きっと、そうだと思ったよ」たぶん、引越で疲れている、という意味だと想像した。

見た目の麗《うるわ》しさと人格というものは、同傾向ではない。たぶん、ちょっと難しい奴なんだな、というのが第一印象だったけれど、しかし、彼がこんなに突《つ》っ慳貪《けんどん》だったのは、この最初の日だけだった。

その後は、なにも特別なことはなく、そう、ごく普通だった。彼は礼儀正しく、言葉は少ないものの、丁寧だった。大声を出したり、大声で笑ったりはしない。上品で、もの静かで、いつも本を読んでいた。部屋以外で、彼をよく見かけるのは図書館だった。いつも、彼の周囲には、彼を見物している人間が何人もいた。かえって大勢が注目しているから、誰も彼に近づくことができないのかもしれない、と僕は思った。同室の僕に、彼のことを尋ねる奴も多かった。恋人はいるのか、彼は何が好きなのか、どんな話をするのかと。でも、僕は、それほど彼を知っているわけではない、というスタンスを維持した。それが、自分でも正直なところだったからだ。

それから半年間、彼と二人で一つの部屋を使った。ここでは、新入生は上級生と同部屋になることが習慣だったけれど、ほとんどは、一年上か、二年上だ。僕たちほど歳が離れていることは珍しい。彼が来るまえの半年間は、僕一人で部屋を使っていたけれど、使わないベッドには座りもしなかった。そこが、リオンのベッドになったというだけのことだ。

実は、彼が来た一週間後くらいに、指導教官と寮の生活指導担当の先生に呼び出された。二人の先生が僕を待っていた。何事かと思ったけれど、最初の言葉はこんなふうだった。

「私たちはみんな、君のことを信頼しているんだ、レナルド」

そのあとは、もの凄く抽象的な言葉を沢山聞くことになった。先生は何の話をしているのだろう、と眉を顰《ひそ》めて聞いていた。どうやら、同室の一年生のことでよく注意をするように、ということらしい。どんな注意なのか、具体的な話ではない。なにか不都合なことがあったわけでもなさそうだった。

でも、どうも以前になにかあったらしい、ということは想像がついた。それで、この寮へ移ってきたのだろうか。今まで、彼はどこにいたのだろう。

あるいは、家庭に不幸があった、というようなプライベートな事情かもしれない、という連想もした。それは、のちに、彼の保護者が本来の両親ではなさそうだ、ということでも補強された仮説だった。

けれども、本当のところは結局わからなかった。リオンは、自分の家のことを何一つ語らないし、少しそういった話題になると、きいて欲しくない、話したくないという顔をした。僅かに眉を顰めるだけだ。たぶん、親しい者しか気づかないような変化だけれど、彼がその拒絶をすると、もうそれ以上は話が続かなくなる。そうでなくても、彼の瞳に見つめられると、誰でも言葉を失ってしまうだろう。眼差しを長く交えることはとてもできない。直線的に見つめる視線の眩しさに圧倒されるのだろう。

僕には、当時既にフィアンセがいた。相手は、幼馴染みで遠い血縁にも当たる。その彼女に、リオンの写真を送ったことがある。これが、僕と同室の下級生だと説明をした。彼女は、冗談だと思ったらしい。写真はどう見ても女性で、しかもプロのモデルではないのか、というのである。その感覚は、とても素直で正しいと思う。僕だって、そのとおりに感じていたからだ。ただ、リオンと話をして、彼の言葉を聞いていれば、少しずつだけれど、彼という人間のことが理解できてくる。不思議な人格だと思ったし、また彼と同室というのは、不思議な体験だと感じた。

リオンは、なにかを隠しているようにも見えた。存在からして神秘的なので、そう感じるのかもしれない。自分というものを表に出さない。いつも少し笑っているような口の形で、心の内を見透かされているような、あるいは馬鹿にされているような、そんなふうにも感じ取れてしまう。現に、僕の同級生で、リオンの態度について怒ってやってきた者もいる。「俺のことを笑っただろう」という理由だ。自然にそういうふうに思わせてしまうのだ。そのときは、僕が間に入った。そうしなければ、リオンは殴られていただろう。でも、そいつが帰ったあと、リオンは澄ました表情で僕にこう言ったのだ。

「殴られても良かったよ。殴れば、あの人はきっと後悔することになったから、その方が良かったかもしれない」

そして、目を細め、僕に微笑《ほほえ》んだ。僕がしたことが余計なことで、間違っていた、と思わせるような顔だった。

僕は、修士課程卒業のための研究レポートや就職の準備などで、その半年間は忙しかった。充分にルームメイトにつき合う余裕はなかった。けれども、それはリオンにとっても良かっただろうと思う。彼は、人に干渉されたくない、という性格に見えた。少なくとも、このときの僕はそう感じていた。だから、二人の関係は良好だったと思う。もちろん、言葉を交わすことはある。それに、僕としては、彼がいるだけで、部屋に花が飾られているような気がした。部屋は自然に整頓され、以前よりも入念に掃除をしたし、彼自身もそういった作業が好きだったから、モップをかけたり、家具を拭いている彼をしばしば見た。

じっと、長くリオンを見ていることは躊躇《ためら》われた。彼は窓際の椅子に腰掛けて本を読んでいることが多かった。僕は、自分の小さなデスクに資料を広げ、パソコンで文章を書くことに没頭していたけれど、ときどき窓の方へ視線を向けた。光に包まれるようにして、彼がそこに存在している。その光景は本当に奇跡のようだった。そのままふっと、彼が浮かび上がって、窓の外へ出ていっても驚かなかっただろう。そう思わせるものが、リオンにはあったということだ。

僕が知っている範囲では、彼には学園内に親しい友達はいなかった。部屋に、彼の友達が訪ねてくることは一度もなかったし、誰かと親しそうに話をしているとか、大勢の中に彼がいるとか、グループでスポーツをしている、といったシーンを見たこともない。ただ、僕は彼のクラスを知らないから、僕が見ている範囲が狭かっただけともいえる。

リオン宛の手紙は頻繁に届いていた。切手がないものがほとんどで、明らかに誰かが戸口まで持ってきたのだ。多くは女性からだろうと想像する。けれども、彼はそれを開けることもなく、そのままゴミ箱に捨てていた。僕は、もちろん見て見ぬ振りをした。そういったことに干渉するつもりはなかったからだ。手紙を書きたくなるのは当然だ、と多少の同情をしただけだった。

一カ月に一度くらいの割合だったと思うけれど、彼がいない夜があった。どこかへ出かけているのだが、朝には戻ってきたので、遠くへ行っていたわけではない。街のどこかにいたようだ。酒を飲んだのだろう、という様子はなんとなくわかった。少しぼうっとしていて、帰ってくるとそのままベッドに倒れ込むようにして眠ってしまったからだ。けれど、服装が乱れているということもなかったし、もちろん酒臭いなんてこともなかった。結局、五回か六回あっただけだ。先生から注意をされたこともあって、少し心に留めたという程度。まったく、心配するようなことはなかった。

僕は、無事に卒業することになった。就職先は、パリから遠く離れたリヨンで、国の機関の事務職だった。荷物を片づけて、部屋を出ていくときも、彼と少しだけ話をした。

「もう会えないかもしれないね」と僕が言うと、彼は少し笑ってこう言った。

「そんなことはないよ、レナルド。きっとまた、会うことになる」

そのときは、社交辞令と受け止めたものの、彼のその言葉がとても嬉しかった。たぶん勝手に、僕は嫌われていると感じていたのかもしれない。

だから、新しい生活に慣れた頃、一度彼に絵はがきを送った。書き添えた文は、簡単な内容だった。けれど、彼からは結局、返事は来なかった。

第1章

加護

Chapter 1: Protection

音もしない。何もきこえぬ。どうして声をあげないのだらう、あの男は？　あゝ！　誰かがあたしを殺さうとしたら、あたしは大声をあげて、暴れまはるだらう。じつとしてなどゐるものか……　斬つておしまひ、斬つて、ナーマン。斬れといふのに……音もしない。なにもきこえぬ。静まりかへつてゐる、不気味なほどに。

1

僕が認識したこの事件の最初の被害者は、イザベル・モントロンだった。彼女の名前を知らないフランス人はいない、と断言できるほどの有名人だ。この頃では、もう大衆の前に姿を見せる機会はほとんどなかったものの、それでもゴシップ記事には頻繁に登場するビッグネームではあった。僕は、この女優の映画を観たことがある。まだ彼女が若い頃の作品だった。狂気を帯びた演技が凄まじく、それが美貌と自然に同居している、それだけでアートだと思えた。

もちろん、大女優が殺されたというニュースは知っていたけれど、詳しく事情を知りたいとは考えなかった。彼女の大ファンでもないし、そういった方面の情報は、周囲の人間から聞こえてくるだけで充分だと思っていたからだ。だから、警察から電話がかかってきたときには驚いた。ちょうどお昼休みで、オフィスには僕しかいなかった。ほかの者は皆、近くのカフェに出かけている。僕はランチを食べる習慣がないので、デスクでまだ仕事を続けていた。

イザベル・モントロンの事件について捜査をしている者です、と相手は話した。パリ市警の刑事だというのだ。低い聞き取りにくい口調だった。アクセントに癖があって、どこか別の国の出身なのか、と思った。

「リオン・シャレットをご存じですね？」

この質問を受けたとき、僕は、「ええ」と答えてから、その突然の名前に驚いた。具体的な質問はそれだけで、とにかく一度会いたいと言う。しかし、こちらは仕事があるし、パリまで出ていくには時間もかかる。そもそも、モントロンの事件とリオンが何の関係があるのか、と尋ねたかった。

「こちらから伺います。明日はお時間はいかがでしょうか？」

「えっと、ええ、少しくらいなら、電話をいただければ、仕事場を抜け出せると思います。一時から三時は会議があるので、そのあとが良いですが」

「では、明日、三時頃に」

こちらの場所を説明した。リオンに何があったのですかときいても、教えてくれない。お会いしたときにご説明いたしますので、と言う。

モントロンが殺されたのは、四日ほどまえだった。場所はパリ市内、とだけ報道されている。詳しい場所などを、僕は知らない。

翌日の三時過ぎに警察から電話がかかってきた。昨日とは別の声だった。呼び出された場所へ出向く。近くのホテルのラウンジだ。相手は年配と中年の二人で、昨日の電話は年配の方、今の電話は中年の方だったようだ。中年の刑事が、主に話をした。

内容に驚いた。女優が殺されていた現場にリオンがいた、ということなのだ。最初に聞いたときには、その女優が殺される直前に彼と会っていた、つまり、犯行があったと思われるときと近い時刻に彼女と会っていた、という意味に取れた。しかし、そんな生易しいものではなかった。

「あまり詳しいことは言えないのですが、その、殺人現場、イザベル・モントロンが殺されていたその部屋に、リオン・シャレットがいたのです」

「それは、つまり、その、彼が殺人犯だということですか?」と僕はきいた。当然の質問だろう。

「重要な参考人ですね」刑事は簡単に答えた。

「本人は、何と言っているんですか?」

「それが、私たちがこちらへ来た理由なのです。昨日のことですが、リオン・シャレットは、貴方がモントロンを殺したと供述しました。貴方の名前を挙げた。レナルド・アンペールだと。もともと、神様が女の首を絞めた、と話していました。それを見ていた、とも。ところが、その神の名前が、レナルド・アンペールだと言いだしたのです」

これには驚いて、言葉が出なかった。数秒間、息も止めていただろう。その呼吸が戻ったときには、喉が引きつっているのか、笑っているような感じになってしまった。自分でも、不自然だとは思ったけれど。

「名前から、貴方のことを探し出すのに時間がかかりました。シャレットは、名前しか言いませんでした。どこにいる誰だという説明はなかった。それで、方々へ連絡をし、彼が在籍した大学で、三年まえですか、寮で同室だった上級生の名前だとわかったのです。えっと、ジャカール教授から聞きました。ご存じですね？」

「はい、指導教官でした」

リオンを連れてきたのもこの教授だった。そうか、もう三年にもなるのか、と僕は思った。

「それで、いかがですか？　なにかお心当たりがありますか？」

「まさか」僕は首を横にふった。「あの、事件はいつでしたか？　アリバイがあれば良いのですが……」

「もちろん、あれば簡単です。ただ、それほど心配されることもありません。警察は、シャレットが言っていることを信じているわけではないので」

「でも、僕に会いにいらっしゃったわけですから」

「まず、事務的なことを申し上げるなら、貴方のＤＮＡ鑑定と、それから指紋の採取をさせていただきたい。ご承諾いただけますか？」

「もちろんです。やましいところはありませんから」

「ご協力に感謝いたします。そのほかにも、ちょっとお話を伺いたい。少しでも情報が得たいからです」

「何の情報ですか？　よくわからないのですが、殺したのはリオンではないのですね？」もし一見してそれが明らかならば、既にそう報道されているだろう、と思ったからだ。

「はい」刑事は簡単に頷いた。「彼には、殺せない物理的な理由がありました。ですから、殺人犯が別にいることはわかっている。その可能性が高いということです」

「可能性が高い、というのはどういうことですか？　リオンがやったという可能性もあるのですか？　その、物理的にできない理由って何ですか？」

「お話しすることを、他言なさらないでほしいのですが、約束していただけますか？」

「ええ、誰にも話しません」

「シャレットは、殺人現場の部屋にいました。モントロンは、ベッドの上で死んでいました。首をコードで絞められたのです。そのコードは、部屋にあったものではなく、どこかから持ち込まれたものです。そして、シャレットは、そのベッドの柱に縛られていました。怪我はしていませんが、両手を後ろに回し、手首をしっかりと縛られていました。身動きできなかったはずです。彼が言うには、縛ったのは、モントロンだそうです。もし彼の言うとおりならば、おわかりだと思いますが、彼にはモントロンの首を絞めることはできなかったことになります」

「でも、それが本当なら、リオンは、誰が殺したのかを見ていたことになりますね。あ、後ろ向きだったのですか？」

「いえ、すぐ近くですから、首をそちらへ向けるだけで見えたはずです。ようするに、彼は、殺人を目撃していた唯一の証人ということになるわけです」

「それで、僕がやったって言ったのですか？　どうして？　何のために？　僕は、その女優さんのことも、ええ、名前くらいは聞いたことがありますけれど、もちろん面識はないし、だいたい、どこに住んでいるのかも知らない。リオンは大学を辞めたのですか？」

「寮にはいません。行方知れずだったようです」

「そうなんですか」

「卒業以来、彼と会ったことは？」

「いえ、一度もありません」

「電話とかは？　手紙、あるいは、メールとか」

「電話はありません。メールもありません。手紙は、一度だけ、就職して半年か一年くらいのときに、こちらから書きました。絵はがきですけれど。真面目に仕事をしている、というような短い文章を書きました。でも、彼からは返事はありませんでした」

「親しかったのですか？」

「半年間、ルームメイトでした。親しいっていうか、なんというか」

「ルームメイトといえば、普通の友達よりは親しいでしょう」

「うーん、でも、ほとんどろくに話もしませんでした」

「どこかへ、一緒に出かけたとか、彼の家に遊びにいったとか」

「いえ、全然、そんなことは一度もありません。キャンパスの中でさえ、一緒にカフェに入ったり、一緒に食事をしたこともなかったと思います。学年が離れていますからね。僕は卒業のために忙しかったし、それに、そう、彼は、そんなに話をするタイプでもないので……」

「では、彼と親しかった人間を誰かご存じですか?」

「いいえ、一人も」

「それは、そういう友人がいなかった、という意味ですか?」

「うーん、それもわかりません。少なくとも、僕は知らないというだけです」

「そうですか……」刑事は頷いた。

もう一人の黙っていた年配の刑事は、煙草を吸ってくる、と言って席を立った。退屈したような感じの態度だった。まあ、わざわざ二人でやってきたのに、目新しい情報もない、ということかもしれない。

「インターポールにお勤めなんですね」刑事が少し口調を変えて言った。

「あ、ええ……」僕は頷く。

それは、僕が勤めている機関の名称だ。一般には、国際警察というようなイメージで見られている。映画なんかにもときどき登場するから、まるでイギリスのジェームズ・ボンドが所属する組織のような秘密情報機関だと想像している人もいるようだけれど、なんのことはない、ただの連絡機関で、主な仕事は情報の交換と資料の整理。僕もただの事務員として、毎日コンピュータのモニタに向かっている。日々入ってくる国際手配のデータを、フォーマットを揃えてファイルにしているだけだ。世界中の警察との関係はあるものの、実際に警察の人間に会うことは滅多にない。僕がフランス警察の刑事に会ったのも、これが初めてのことだった。

僕は、大学のときジャカール教授の下で犯罪心理学に関するテーマで修士論文を書いた。過去の犯罪関係の記録を読むのが好きだったので、たまたまそんな研究になった。そのジャカール教授から、人員の募集があると聞いて、ここに応募した。運が良かったのか、それとも指導教官の顔が利いたのか、就職することができたというわけである。自分としては、警官とか探偵になりたいという希望はまったくない。そういった世界が怖ろしいとさえ感じている。単に、犯罪関係のノンフィクションやミステリィ小説が好きで、読み物として楽しんでいたという程度だった。

まさか、知合いが殺人事件に関係し、自分までも巻き込まれることになるとは思わなかった。今のこの状況は、明らかに巻き込まれているといっても良いだろう。なにしろ、僕は殺人事件の容疑者の一人になったのだ。

刑事は詳しくは教えてくれなかった。ちょっと不思議に感じたのは、リオンは、どうやら殺人犯というわけではなさそうだが、どうして、その女優の部屋にいたのか、彼女とどんな関係があるのか、ということだ。でも、積極的に知りたいとは思わなかった。まあ、彼ならば、その程度のことはあっても不思議ではない、というくらいに簡単に処理をしてしまった。

それにしても、リオンが殺人犯ではないとしたら、どうして僕に彼のことをそんなに質問するのか。そもそも、僕のことを疑っていないのなら、わざわざ会いに来るものだろうか。電話で済むような内容にも思えた。それとも、刑事というのは、誰に対しても、直接相手の顔を見ることを重視するのだろうか。

「実はですね、私が追っている事件は、イザベル・モントロンの事件ではないのです。お話しするつもりはなかったのですが、私はパリ市警の者でもありません。リールの警察にいます」刑事は声のトーンを落として話を始めた。リールは、パリよりさらにずっと北の街だ。ベルギーに近い。

「外にいる彼が、パリ市警で、モントロン事件の担当です。イザベル・モントロンには、方々に借金があったし、危ない連中とのつき合いも多かった、ええ、麻薬の関係もあったらしいのです。容疑者の候補ならば両手の指では足りないくらいいます。もしかしたら、その関係の人間が、リオン・シャレットに口止めをしたかもしれませんね。彼は、なにかに怯《おび》えているように見えましたから。いえ、勝手な想像をしてもしかたがありません。そうではなくてですね……、私は、十カ月まえにリールであった殺人事件の捜査を担当しています。殺されたのは、金持ちの老人で、ベルギー人でした。大きな屋敷がベルギーのコルトライクにあって、何人も使用人がいます。彼は、自宅から三十キロほどのリール郊外のモーテルの一室で死んでいました。首を絞められた跡がありましたが、検死の結果は、窒息とは断定できなかった。おそらく、脳内の出血が確認されたので、死因はそちらでしょう。ですから、首を絞められて死んだわけではありませんが、ただ、絞められたことは事実なのです。それで、いちおう殺人事件として扱うことになりました。とにかく、自宅ではありませんし、変死にはちがいないからです。そのモーテルへは、彼は自分の車でやってきています。でも、一人でそんなところに泊まったとは思えない。金持ちが泊まるような高級な宿でもない。そのモーテルの受付にいた人間が、金髪の女を見たと証言しました。見たこともないもの凄い美人だった、ということです。でも、直接どこかの部屋に入っていくのを見たわけではなく、モーテルの入口近くにいたというだけです。当然、その、おそらくは商売女だろう、という憶測で、そちらの関係を徹底的に当たりました。でも、残念ながら、それらしい人物が浮かび上がってきません。小さな街なので、そちらの関係ならば、すぐになにがしかの情報が出てくるはずですし、そんな美人だったら、余計に目立つだろうと思ったのですが、まったく掠《かす》りもしない。それで、とにかく被害者の関係でいろいろ当たっているうちに、一人、驚くような人物に出会ったのです。それが、リオン・シャレットでした」

昨年の六月にあった、このリールの殺人事件に関しては、僕はまったく知らなかった。新聞でも読んだ記憶がない。刑事が話したように、おそらく、最初は殺人とは認識されなかったのかもしれない。

外で煙草を吸っている連れをガラス越しにちらりと見てから、刑事はこちらへ鋭い視線を向けた。なるほど、これが警察の目か、と感じた。自分はどんなふうに見られているのか、とも考えた。彼の話にようやくリオンの名前が出てきたので、多少は興味を持った。いったい、どうつながるのだろう。

「その金持ちの老人の名は、フレデリク・シャレットといいます」

「え?」僕は思わず声を上げた。

「ご存じですか?」刑事は、僕の反応を予期していたようだ。すぐさま静かな口調で質問を口にした。突然ナイフを突きつけられたようなタイミングといっても良い。

「本当ですか? そう、ええ、一度、見かけたことがあります。大学へ、その、いらっしゃったことがあったからです。でも、話をしたわけでもないし、名前も知りませんが、ただ、リオンの保護者だと聞きました。えっと、たしか、伯父さんだと聞きましたが」

「誰からですか?」

「リオン本人からです。でも、その、確かな記憶ではありません。ただ、父親ではない、ということを理解しました。親戚が保護者だというのは、その、なにか事情があるのだろうと思いましたけれど、それ以上のことは詮索したくなかったので……」

「フレデリク・シャレットとリオン・シャレットには、血縁関係はありません。フレデリク・シャレットは、リオンを養子にしたのです。リオンの、そのまえの姓をご存じですか?」

「いいえ、知りません」

「ブロンデルといいます。母親は、オルガ・ブロンデルという名で、ダンサでした」

「亡くなっているのですね?」刑事が過去形で説明したからだ。

「いいえ、存命です。現在は、その、精神病院にいます。彼女は十年ほどまえに、夫を撃ち殺して逮捕されましたが、裁判では無罪になりました。病気のためです」

「そうなんですか。まったく知らなかった」

「フレデリク・シャレットは、オルガの息子を引き取ったのです。理由は定かではありません。オルガのファンだったらしいのですが、彼の子だったというわけでもなさそうです」刑事はそこで鼻から息を漏らした。笑ったようにも見えたが、目は笑っていない。こちらを粘着質の視線が捉える。「まあ、そういうわけで、事件後、私は、あの大学へ行きました。リオン・シャレットに会うためです」

彼は、そこで話を止めた。両手を前に出し、見えない風船を持っているような仕草を見せる。肩を竦《すく》めて、目をぐるりと回した。少しこちらをリラックスさせようと気を遣ったのかもしれないが、相変わらず、その視線の鋭さを隠そうとはしない。

「まあ、とにかく、びっくりしましたよ」刑事はそれだけ言って溜息をついた。

「何がですか？」僕はあえて尋ねた。もちろん、彼が驚いた理由はわかっていたが。

「何がって……」刑事は眉を顰める。「魔物を見たな、と思いましたね、正直なところ、そのときは」

「魔物、ですか……」

「いえ、失礼。ただの個人的な印象です。ですけど、私のような仕事をしていると、そういう勘みたいなものが、ときどき働くんですよ。あの青年は、なんというのか、とにかくノーマルじゃない。そうではありませんか？」

「いえ、僕にはわかりません。彼は、その、とても大人しいし、礼儀正しいし、僕は嫌な思いをしたことがありません」

「誘惑されたことは？」

「え？　どういう意味ですか？」

「いえ、すいません。ただ、私はね、そのとき、目撃されている金髪女は、この人物だと直感しました。もうすっかりそう信じました。まるで化粧をしているようじゃないですか。ちがいますか？」

「ええ、まあ、そう見えるのは、普通かもしれませんけれど、でも、だからといって……」

「ええ、そうなんです。そのとおりなんです。なにも証拠はありませんし、実は、これといった動機も見当たりません」

「動機ですか……、ああ、そうか、でも遺産が……」

「いえ、シャレットの遺産は、彼の実の娘に与えられることになっていました。養子のリオン・シャレットに対しては、彼が卒業するまでの学費だけでした」

「そうですか」

「アンペールさんは、どう思いますか？」

「どう、というのは？」

「リオン・シャレットが人を殺すと思いますか？　正直な感想を聞きたいのです」

「彼がそんなことをするなんて、僕にはちょっと想像もできません。人殺しだなんて。彼は、とても上品な人間です」

「リオン・シャレットのアリバイを調べました。事件の夜に大学の寮にいたかどうか。その結果、彼は外泊していたらしいことがわかりました。したがって、アリバイはありません。でも、アリバイがないからといって、引っ張ることはできません」

「それはそうでしょうね」

「その後、捜査の進展はまったくありませんでした。今回のパリの事件が起こって、久し振りに飛び込んできた名前が、リオン・シャレットでした。さっそく大学へ問い合わせたところ、シャレットは、まえの事件のあと、つまり、私が会ったあとですが、行方不明になっていました。寮を出ていったんです。書類上はまだ大学に在籍していますが、自動的に停学と同じ扱いになっているそうです。パリの事件では、最重要の参考人です。私は、今はパリ市警に協力して、こうして捜査に加わっていますけれど、私の関心事は、リールの殺しの方なんです」

2

このリールの刑事は、名前をテモアンといった。その後、ずっとメールのやり取りをしている。最初のうちは、彼から教えてもらう情報ばかりで、僕から提供できるものはほとんどなかった。

けれども、のちに立場が逆転することになる。それは、リオンの一連の事件が、国境を越え、イタリアやドイツでも発生したからだった。僕の職場へは、そういった事件の情報が自然に入ってくる。国外の警察からの問合わせなどがあった場合、それを国内の警察に連絡する。また逆に、国内からの情報を、世界に伝えることもある。そういう仕事なので、個人的なやり取りをしていたわけではない。しかも、僕は最初その担当でさえなかった。だから、職場の友人に頼んで調べてもらっていた。それが、その担当者が辞めたために、僕が引き継ぐことになった。これで、完全に仕事として、この連続殺人事件に関わるようになった。各国の捜査担当者の間の連絡が僕の役割だった。

パリの事件の翌年の暮れには、イタリアのミラノで有名人が殺された。また、さらにその七カ月後には、ドイツのフランクフルトで事件が起こった。さすがにその頃には、ヨーロッパ中のマスコミが取り上げるメジャな連続殺人事件になっていた。このために、各国の警察がパリに集まることが幾度かあった。そういったときの幹事役が僕の仕事でもあった。でも、その話はもう少しあとにしよう。

このパリでの女優殺しは、その後目立った進展はなく、リールでの資産家殺しもまったく未解決のままだった。この時点では、リオンは、まだマスコミには知られていなかった。二つの事件を関連づけて考えているのは、テモアン刑事だけだったし、それを知っている人間も、僕も含めて、ほんの少数だっただろう。パリ市警の中では、どちらかというと、テモアンの意見は黙殺されていたらしい。テモアン自身がそう語っていた。そういえば、最初に会ったとき、パリ市警の老刑事は、一言も話さなかった。テモアンのために気を利かせたのかもしれないが、どちらかというと、話に興味がないというように煙草を吸いに出ていった。つまり、女優殺害の事件において、リオンはまったくの添え物程度の存在でしかなかった。だから当然ながら、僕の話を聞いても、事件解決につながる情報など得られない、と考えていたのだろう。

大女優イザベル・モントロンが殺された部屋に一人の青年がいたことは、当初まったく報道されなかった。これは、おそらくどこかから、警察にそういった圧力がかかったためだろう。どこからの圧力なのか、僕にはわからないけれど、モントロンには大勢の友人がいて、政治家にもつながっている、とテモアンが話していた。

パリ市警は、リオンを頭のおかしい麻薬中毒者か、精神異常者だと認識していたかもしれない。そのおかげで、彼の証言、つまり殺人者は僕だという主張は、まったく問題にされなかった。彼は取り調べのとき、「やったのは神様だ」と言ったそうだ。また、別の日に、僕の名前を出した。それで、警官から、神ではなかったのか、と尋ねられると、「レナルド・アンペール、それが神様の名前だよ」と笑って答えたという。

僕は、とにかく彼に会わなくてはいけない、と思った。これについては、すべての段取りをテモアン刑事が引き受けてくれた。それはそうだろう、彼に都合の良い情報が出てくる可能性もある。そうなれば、願ってもないことだろう。というのも、警察に対して、リオンはほとんどろくにしゃべらなかった。夢でも見ているように上の空で、こちらの話を聞いているのかどうかも怪しい、とテモアンは言った。リオンは、今、病院にいるらしい。怪我をしたわけでもないし、病気でもない。ただ、そうやって、しばらく監視下に置きたい、という警察の意向だったのではないか。

次の週末に、自動車を運転してパリへ向かった。片道五時間以上かかる長距離ドライブだ。車の運転を始めたのは、就職してからのことだけれど、特に必要に迫られていたわけでもない。通勤には地下鉄を使っているし、自分の車も持っていない。ただ、なんとなくドライブがしてみたい、と思ったのだ。これはたぶん、なにかの映画のワンシーンだと思うけれど、郊外の景色の良い丘陵地《きゅうりょうち》などをオープンカーで走ってみたい、というようなイメージがあったことと、もう一つは、近々、僕は結婚をすることになっており、ハネムーンは車で行こうと考えていて、運転に慣れておいた方が良いと思ったからだ。そう、ずっと婚約したまま進展がなかった彼女とだ。二人とも、もう自由な青春はこれくらいで充分だ、という年齢になったということ。

結婚相手のミシェルには、リオンに会いにいくとは話していない。その話をすると、話題のモントロン事件に彼が関わっていることも説明しなければならなくなる。これは、たとえ身内であっても、誰にも話してはいけない情報だ、と僕は認識していたからだ。

オフィスの近くで前日にレンタカーを調達した。以前に二回、資料を運ぶときに借りたことがあった店だ。その小型のセダンを運転して、早朝パリへ向かって出発した。オープンカーではなかったし、生憎《あいにく》の雨で、風光明媚《めいび》な景色も見えなかった。ずっとラジオで音楽を聴きながら走った。

リオンとは、病院の中にあるカフェで会うことになっていた。テモアンから、会話を録音させてほしい、と頼まれたけれど、それはきっぱりと断った。友人に対して失礼になるし、ある種の裏切り行為だと感じたからだった。そんなことならば、彼が同席すれば良い話でもある。でも、警官の前ではリオンはなにもしゃべらない、というふうにテモアンは考えているようだった。もちろん、どこかに隠れて、遠くから見ているのなら、しかたがないと僕は思ったし、たぶん、そうするだろうなとも考えていた。もしかしたら、盗聴されるかもしれない。でも、それは非合法だから、証拠にすることはできないはずだ。

パリの道路は混雑していて、運転が大変だった。とにかく、車が多い。病院の周辺では工事をしていて、余計に混雑していた。運悪く、病院の専用駐車場は満車で、車を駐められる場所を探すのに多少手間取ったし、おかげで、かなりの距離を雨に濡れて歩かなければならなかった。

ロビィでテモアンが待っていた。時刻は午後一時。

「ランチはお済みですか?」近づいてきた彼はきいた。

「ええ」と答える。これは嘘だ。僕はランチは食べない。

「あちらに食堂があって、その左の一画がカフェになっています。もう、空《す》いている頃でしょう。そちらのテーブルで待っていて下さい。看護師が、彼を連れてきます」

「どれくらいの時間、面会できるのですか？」

「何時間でもけっこうですよ。積る話があるでしょう」

「いえ、そんなことはありません。親しかったわけではないので。僕のことを覚えているでしょうか？」

「もちろんですよ。貴方の名前を聞いたら、会いたいと言ったそうです」

「そうですか……」僕は頷いた。ほっとしたのと同時に、緊張している自分に気づいた。「それは良かった」

　カフェというのは、大きなサンルームのような場所だった。食堂よりも少し床が低い。もっと郊外のサナトリウムを想像していたけれど、病院自体は十数階建てビルである。ただ、カフェは、ガラス越しに沢山の樹や植物に囲まれていた。また、病院らしくもない。デザインとしては成功しているのではないか。

　白衣の男が二人左右についていて、リオンを連れてきた。その二人に比べて、リオンはあまりに華奢で、とても同じ人間には見えなかった。誰もが女性、それも少女と見間違うだろうし、まるで軽々とマネキン人形を運んできたようにも見えた。

　リオンは全然変わっていなかった。表情をあまり変えず、僕の隣の椅子に座った。白衣の二人は、カフェからは出ていったけれど、ステップを上がったところで、食堂のテーブルに着いた。そこから監視するつもりなのか、ちょうどランチなのかはわからない。

「久し振りだね」僕の方から声をかけた。「元気だった？」

リオンは微笑んだ。白い歯を少し覗かせた。以前よりも、ずっと綺麗だ。本当に化粧をしているように見える。じっとこちらを見る瞳の色も深くなったように見えた。とても懐かしかった。

「病院では、どんなことを？」事件のことを尋ねない方が良いだろう、と僕は考えていた。

「さあ……」彼は首を少し傾げる。「どうして病院にいるのか、わからない。どこも悪いところはないし」

「だったら、すぐに出られるよ」

「ねえ、レナルド」彼はテーブルの上に肘《ひじ》をつき、片手に顎《あご》をのせた。「僕を助けにきてくれたんだよね？」

「え？　助けるって、何から？」

「わからない。何だろう……」リオンは宙に視線を向ける。「なにか、僕を捕まえようとしているものがあるんだ。逃げなくちゃいけない」

「どうして、そう思うの？」僕は尋ねた。

「でも、知っているかな。狐狩りを見たことある？」

「狐狩り？　いや、そんなの映画でしか見たことないよ。ずいぶん昔の貴族とか王族の遊びだろう？」

「僕の伯父さんが、やっていたんだ。見たことがあるよ、一度だけ」

「へえ、伯父さんっていうのは、えっと、会ったことがあるね」

それは、たぶん、殺されたベルギー人のことだろう。

「そうだった？　でも、もう死んじゃった」

「ああ、そうなんだ」僕は知らない振りをした。

「それで、学校にいられなくなった」リオンはそこでこちらを向いた。悲しい表情に見えたけれど、それは僕だからわかった変化で、表情はほとんど変わらない。彼の完璧な造形は、その完璧さ故か、ほとんど動かないといっても良い。

保護者が死んだことで、学費が得られなくなった、という意味に聞こえたけれど、それはテモアンの話と矛盾する。

「それで、学校を辞めたの？」これも知らない振りをするつもりでいたことだけれど、ちょっとした罪悪感を覚えた。だから、それは知っていることにしようと思った。

「そんな話じゃなかった。狐狩り」リオンから悲しみは消えた。瞳が輝き、じっと僕を見据える。

「あれは、狐は逃げる側で、犬たちが追いかけるんだよ。でも、犬には捕まえられない。狐の方が素早いから。どうしてそうなるか、わかる？」

「いや」僕は首をふった。彼が何の話をしようとしているのか、と不思議に思うだけだった。

「狐は、どちらへも走ることができるんだ。でも、犬たちは違う。狐を追いかけなくちゃいけない。狐は自由で、犬たちは不自由」

彼は、そこまで話して、微笑んだ。

「どういうこと？」僕はきいた。

「だから、それは君がきいたことじゃないか」リオンは答える。

よくわからなかった。でも、少し考えてみると、誰かが彼を捕まえようとしている、という話をしていた。そのことらしい。たぶんリオンは、病院の医師たちか、それとも警察のことを言っているのだろう。自分が狐だと言いたいのだろうか。

狐は犬には捕まえられないかもしれない。でも、最後は銃で撃たれてしまうじゃないか、と僕は思った。もちろん、これは言えなかった。ただ、じっと彼を見つめ返すしかなかった。

「なにか、仕事をしているの？」しばらく沈黙が続いたので、僕は話題を変えた。

「今はできない。ここにいるから」

「そうじゃなくて、大学を辞めたあと、何をしていた？」

「いろいろ」

「パリに住んでいるの？」

「うん」

「なにか仕事をしていないと、生活できないのでは？」

「うん、まあ、いろいろしたよ」

「どんな？」

「絵のモデルをしたし、あと、写真を撮らせる仕事と……」

「写真？　それもモデルみたいなもの？」

「そう。勝手に向こうから、声をかけてきた。カメラマンだっていうから」

「気をつけた方が良いね。都会では……」

「そんな話はいいよ」リオンは片手を上げた。「ねえ、それよりも、レナルド、どこかへ一緒に旅行しない？」

「旅行？　どこへ？」

「スイスがいいな。赤い電車に乗って、雪山を眺めて、あと、湖でボートに乗る」

「楽しそうだね」

「きっと楽しいよ」

「ああ、でも、僕は、二週間後に結婚をするんだ」それは、正確に二週間後の予定だった。それに偶然にも、ミシェルと二人でスイスへ行く予定を立てていた。だから、リオンが突然スイスの話を始めたときには、心臓が大きく一度打つのを感じた。

「結婚か……、それは、なんていうか、素晴らしいね。おめでとう」

「ありがとう」

「婚約していた彼女？」

「そうだよ」

「一度会わせてほしいな。頼んだのに、きいてもらえなかったね」

「そうだったかな」そんなことを彼から頼まれた覚えはなかった。そもそも彼女のことを話したことも滅多にない。けれど、あの半年の間に、そんな機会があったかもしれない。

またしばらく沈黙の時間があった。リオンは、食堂の方を振り返った。医師たちは、コーヒーを飲んでいる。こちらを見ないようにしているけれど、実は、ちらちらと観察しているのを僕は知っていた。

リオンは、こちらへ顔を近づけた。

「警察がどこかで、僕を見張っているんだ」

「どうして?」

「僕が殺人犯だと思っている」

「本当に? 殺人って、誰が殺されたの?」

「レナルドは、知っていると思うな」

「どうして、そう思うの?」

「じゃなかったら、僕に会いにこない。違う?」

「そんなことはないよ。たまたま、ジャカール教授と話をしたんだ。それで、君が寮を出ていったことを知った。どこにいるのかも、探してもらった」

「そのときに聞かなかった?」

「何を？」

「知らない振りをしているんだね。優しいね」

「でも、元気そうで、安心した」

「どこかに、きっと警察がいるよ」リオンは周囲をぐるりと見回した。そして、目を細めて言う。

「きっと盗聴している。そうに決まっている。馬鹿みたいだ」

彼は立ち上がった。カフェのほかのテーブルにいた人たちが、こちらを見た。みんな、この美人を気にしていたのだろう。

「さあ、レナルド」彼は促した。

「何？　どうしたの？」

「もう、お別れだ。抱きついてほしい？」

「いや、遠慮する」僕は笑って答えた。

僕も立ち上がった。彼は、歯切れ良く視線を逸らし、背中を向けた。そして、カフェから出ていく。ステップを上がり、医師たちが待っているテーブルへ。そこで、ダンサのようにくるりと躰を回転させ、こちらを向いた。片手を広げて、笑顔を見せた。拍手をしたくなるような光景だった。

でも、あっけないな、と思った。結局、事件のことは話題にならなかった。彼が、僕を殺人犯だと主張した経緯も、その真偽も、尋ねることはできなかった。

ロビィへ戻っても、誰もいなかったので、そのまま外へ出た。車の方へ歩きだしたとき、傘をさしたテモアンが駈け寄ってきた。

「どうでした?」彼は、自分の傘を僕の上に差し出して、こうきいた。「なにか、言っていましたか?」

僕は、事件のことは何一つ話題にならなかった、と説明した。テモアンは、小さく頷いただけだった。それほど落胆した顔ではない。やはり、話を聞いていたのだろう、と僕は思った。

3

それっきりだった。リールのテモアンからは、メールが何度か届いたけれど、その頻度はしだいに下がった。僕は、予定どおりミシェルと結婚をして、二人でスイスへ自動車の旅をした。そのハネムーンからも無事に帰ってこられた。大きな変化としては、アパートを変わったことだった。遠くから来たミシェルの方が荷物がずっと多くて、それらを運び入れるのが大変だった。新婚生活といっても、ただ慌ただしかった、という印象しかない。お金を貯めて、次はどこかに家を持とうという話をよくした。僕たちは、二人とも子供が好きではない。だから、家族を増やすという方向性はまったく考えなかった。ミシェルも自分の仕事を持っている。二人とも、自分の仕事の話をほとんどしないし、干渉されることも好まない。とにかく、僕たちは似た者どうしのカップルといえる。

次の事件は、翌年の十二月だった。テモアンからのメールも来なくなっていたし、ミシェルとの生活にもすっかり慣れた頃だった。その知らせがあった日は、パリは雪で、未解決の女優殺しから一年と八カ月が経過していた。ニュースでは、記録的な積雪による混乱が大きく報じられていて、パリ市民は、隣国の殺人事件にはそれほど関心を示さなかっただろう。

昼休みの職場に、テモアンから電話がかかってきた。

「私は今から、ミラノ行きの飛行機に乗るところなんです」彼はそう切り出した。「音楽家が殺された事件です。ジャンニ・ピッコというそうです。ご存じですか?」

「いえ、知りませんでした。ニュースでやっていましたね。彼、イタリア人ですか?」

「ええ、たぶん。作曲家なのか、ピアニストなのか、私も詳しくは知りません。でも、けっこう有名らしいですね。もうずいぶん年寄りですが。とにかく、連絡があって、だいたいの話を電話で聞いただけなのですが、同じなんですよ」

「何と同じなんですか?」

「ですから、イザベル・モントロンのときとです」

ピッコという名の老人が、自分の屋敷の寝室で首を絞められて死んでいた。ベッドの上だったそうだ。その同じベッドに、若い男が眠っていた。発見されたときにも意識がなかった。両手首を背中で縛られていた。テモアンの話はそんな内容だった。

「リオンなのですか?」僕はきいた。もちろん、そうだからテモアンが電話をかけてきたのだろう。

「名乗っていないようですが、写真がこちらへ届いていて、ええ、まずまちがいないと思います。これから確認してきますが……」

「事件は、いつですか?」

「一昨日です。発見されたのが昨日の朝です」

「まさか、また、僕が殺したと警察に話したんじゃないでしょうね」

「そういう話は出ていません。私のところへ連絡をよこしたのはパリ市警です。ミラノの連中も、モントロン事件については知っていたようですね。それで問い合わせをしたというわけです。まさに、どんぴしゃですよ。とても偶然とは言い難い。とにかく、なにかわかりしだい、またメールをしますから」

「そうですか、わかりました。どうもありがとうございます」

テモアンは急いでいる様子だったので、ききたいことがあったのだが遠慮した。ネットで調べてみると、ジャンニ・ピッコが殺されたというニュースは、イタリアだけではなく、フランスでも詳しく取り上げられていた。写真のピッコは、黒い顎鬚《あごひげ》を生やした老紳士で、まるで神父のような服装だった。年齢は六十九歳。世界的に活躍しているピアニストで、作曲も多く手がけていたという。

その日の夜遅くに、テモアンから再び電話がかかってきた。僕はベッドで本を読んでいた。隣でミシェルが眠っているので、振動する携帯電話を持って寝室を出た。

「すいませんね、メールが面倒だったので……。お休みでしたか？」

「いえ、起きていました。どうでしたか？」

テモアンは、早口で説明した。現場にいたという青年が、リオン・シャレットにまちがいないこと。彼の両手を縛ったのは、殺されたジャンニ・ピッコ自身だった、とリオンが証言していること。殺人は明らかに絞殺で、何者かが屋敷の裏口のガラスを割り、鍵を開けて侵入した形跡があること、などだった。

「リオンは、どうしてそんなところにいたんですか？」

「さあ、それはわかりません。少しまえから、ミラノにいたようですし、そのピッコの屋敷に出入りしていたみたいです」

「僕が首を絞めたんだと言っていませんでしたか？」

「いいえ、そういった証言はしていません。彼は眠っていたらしいんで」

「眠っていた？」

「そうなんです。現場を発見したのは、ピッコのマネージャなのですが、そのときにも彼は眠っていたんです。警察が到着したときも眠ったままでした。薬を飲んだのか、それとも飲まされたのか、意識がなかったみたいです。本人もそのように話していて、つまり、縛られたときには、もうほとんど躰が動かなかったと言っています。ただ、縛ったのは、ピッコにまちがいない。なにしろ、そのときには、ほかに誰もいない。部屋には二人だけだった、と話しているそうです」

「そのあと、誰かが侵入して、ピッコが殺されたわけですね？」

「そういうことです。首を絞めるのにコードを使っているし、まさに、モントロン事件とそっくり同じなんです。こうなると、二つの事件に共通するリオン・シャレットに当然注目が集まるわけです」

「でしょうね」

「たとえば、彼自身には無理だとしても、誰かに殺させたという可能性はあります」

「でも、動機は？」

「まあ、それは、これからゆっくりと考えますが、ありえるとしたら、たぶん、嫉妬でしょうね」

「嫉妬？」

「まあ、想像でものを言ってもしかたがありません。アンペールさん、なにか心当たりはありませんか？　シャレットには、恋人はいませんでしたか？」

「いや、僕は知りません。いなかったということはないと想像していますけれど、でも、彼からそんな話は聞いたことはないし、もちろん、学生のとき、誰かと一緒にいるところを見かけたこともありませんね」

電話のあと寝室へ戻ると、ミシェルが起きていた。

「どうしたの？」

「いや、仕事の電話。週末に出張になるかもしれない」

「また？　今度はどこへ？」

「イタリア」

この頃、けっこう出張が多くなっていた。それも国境を越えるようなものばかり。でも、だいたいは、一泊か二泊程度のもので長期ではなかった。国際的な仕事なのだから、当然かもしれない。僕自身は、出張する方がオフィスにいるよりも好きだ。飛行機に乗るのも嫌いではない。知らない街を見て歩くのも楽しい。

ミシェルには、リオンに関係する事件については一切話していない。それ以前に、仕事の内容はできるだけしゃべらない方が良い。なにか話せば、その経緯から経過まですべて説明しなければならなくなるからだ。

次の週末に、僕はミラノへ行った。休日だし、これは仕事ではない。テモアンにも連絡しなかった。とにかく、行かずにはいられなかったのだ。そして、ミラノの駅で、初めて市警に電話をかけた。休日ではあるけれど、事件が起こって間もない。話ができる人間がきっといるはずだ、という確信があった。それに、この電話では、自分の身分を伝えた。その方が都合が良かったたからにすぎない。

電話の相手が二回交代して、三人めに事件担当の刑事が出た。リオン・シャレットのことで話がしたい、と伝えると、「今どちらに？」とすぐに反応があった。

警察署へ出向くつもりだったけれど、相手が出てくることになった。午後三時。駅のコンコースで待ち合わせた。現れたのは、三十代か四十代の長身の男だった。やけに袖が短いジャケットを着ている。彼が案内する店に入った。食堂なのかカフェなのか、よくわからない、少し騒がしい場所だった。けれど逆に、隣にいる人間に話を聞かれる心配もない。

まず、お互いに身分証明書を見せた。彼の名は、ランディという。僕は、公式に仕事で来たのではない、と正直に打ち明けた。ここへ来た一番の理由は、リオン・シャレットの友人だからだ、と話し、リールの事件とパリの事件のことで、警察に協力をしている、と説明した。ランディは、テモアンと会ったこと、それから、今回の事件のあらましを手短に教えてくれた。

犯人の目星はまったくついていない。非常に手慣れた犯行に見えた。もしかしたら、プロの殺し屋ではないか、とランディは言う。プロの殺し屋ならば、拳銃で簡単に済ませるのでは、と僕が指摘すると、最近はそうでもないと反論された。拳銃は音がするし、旋条痕などで使用拳銃が割り出される。そういった危ない証拠品を持ち歩かないのが本当のプロだ、と彼は言う。

「パリの事件と、首の絞め方はほぼ同じです」ランディは説明を続けた。「したがって、同一犯にちがいない、という見方が捜査班でも大勢です。となると、女優とピアニストの関係が気にな

ります が、知合いではあったようですし、共通の友人も何人かいます。まあ、その関係で、あのシャレットという男娼がこちらへ来たのでしょうけれど」

このときの会話は英語だった。メイル・プロスティテューツと彼は言ったのだけれど、その表現には引っかかるものがあった。でも、話の腰を折るのを避けて、僕は黙って聞いていた。彼も、母国語ではないから、適切な表現ができなかったのかもしれない。ただ、リオンに対する軽蔑の気持ちが含まれていることはまちがいない。それは、そのときの彼の表情でわかった。

「パリのときは、鍵が開いていたらしいですが、今回はちゃんと施錠されていた。最小限のガラスを割って、手を突っ込んで鍵を開けた。これも、素人にはできないでしょう。家のことをよく知っているし、計画的な犯行だと思われます」

「リオンは、どんなふうでしたか?」

「どんなふうというと?」

「たとえば、何を着ていたのか、とか」

「ああ、そうそう、頭にね、変なものを着けていましたね。えっと、ローレルっていうんですか。ほら、ギリシャの……」

「月桂冠ですか?」

「オリンピックに出てきますね。えっと、ダビデとか、自由の女神も、そうですか?」

「草を編んだ冠《かんむり》ですか?」

「そうそう、それです」

だったら、ダビデも自由の女神もそんなものは被っていないだろう、と僕は思った。

「月桂冠の形をしたアクセサリィですか？」

「いえ、そのものです。あ、つまり、植物です。本物の草を編んだやつでした」

「へえ、それは、意外と珍しいのでは？」

「珍しいでしょうね。どこで手に入れたのか、調べていますが、近所の花屋で手に入るものではなさそうです」

「こんな時期にあるものでしょうか？」

「世界のどこかにはあるでしょう。今はどこからでも、簡単に取り寄せられますからね。もちろん、ネットショッピングの方面も調べています。でも、なかなか見つからない。ところで、どうして、そんなものを被っていたと思いますか？」

「え？　いや、わかりません」僕は首をふった。「着ていたものは？　服装は、普通でしたか？」

「なにも着ていません。裸でした」ランディは簡単に答えてから、鼻から息を吐いた。「脱いだもの、という意味なら、普通のジーンズとシャツとパーカくらいでしたね」

「彼は、何と言っているんですか？」

「なにも」刑事は口を斜めにした。「月桂冠も、見たことがないって」

「それは、そのピアニストの趣味だったのでしょうか？」

「どうでしょうね」

「部屋に、そんな類のものが飾られていませんでしたか？　ギリシャの彫刻とか、そんなクラシックな……」

「いいえ、モダンな雰囲気の部屋でしたから。まあ、クラシックなものといえば、ピアノくらいです」

「寝室にピアノが？」

「ええ、広い部屋なんですよ」ランディは溜息をついた。「とにかく、嫌な事件です。何がって、マスコミが騒いでいるのが、一番いけない。有名人で、周囲も口が堅い。裸の少年と一緒で、しかもその彼がベッドに縛りつけられていたなんてことは、マスコミには出ていません。ニュースには一言も書いてない。ええ、滅多なことは言えません。警察の中でも……」刑事は口を閉じて、ジッパを締めるジェスチャをする。「他所で言わないで下さいよ。パリ市警も、結局モントロンのときに、極秘で押し通したみたいですね。ただ、週刊誌には噂話としてリークされたそうです。信じた者もいれば、信じない者もいた。それくらいが良い。今回もし漏れると、けっこう騒ぎがでかくなりますからね、気をつけないと……。まあ、でも、絶対に漏れてしまうんですよ、これが」

　パリ市警との会議は、おそらくそのあたりがメインテーマだったのではないか、と僕は想像した。

「リオンは、今どこにいるんですか？」

「この近くのホテルです。拘束は、もちろん、できません。ただ、二十四時間監視をしています。大人しくしているみたいです、今のところは。会われますか？」

「いえ、そんなつもりは」

「なんというのか……、どこかおかしい。たぶん、正常じゃない」

「彼がですか？」

「ええ、とても、その、普通とは思えない」

「ちょっと、変わってはいますね。でも、悪い人間ではない」

「そうですか？　まあ、異常だからって、悪いわけではない。世の中には、もっと凶悪で、どうにもならない、人間の価値さえない奴らがいっぱいいますからね。それに比べたら、生きている価値はある。ええ、眺めているだけなら、そりゃあ、ぞっとするほど美しい。私も、正直そう思いましたよ。でも、これは危ないなって、常識的な人間ならばブレーキがかかるところでしょう。その点、芸能人とか、芸術家は違う。羽目《はめ》を外して、とことんのめり込んでしまう。火遊びをするのも、ステータスなんです。だから、ときどき火傷《やけど》をする。火傷で済めば良いですが」

「誰か、リオンのところへ訪ねてきましたか？　その、フランスの警察以外に」

「二人来ましたね。一人は、シャレットの姉だというベルギー人。それから、もう一人は精神科の医者ですね。フランス人です」

「お姉さん？　何という名前ですか？」

刑事は、ポケットから手帳を取り出して、しばらくページを探していた。

「えっと、カトリーヌ・シャレット。四十代でしょうか。独身だそうです」

「ああ、では、コルトライクの？」

「そうそう、そんな話でした。遠くからお越しでね。何て言うんです？　良いとこの人？　貴族みたいな」

「父親が資産家だったそうです。遺産を相続したのでしょう。姉といっても、リオンとは血のつながりはありません。リオンは養子なのです」

「でしょうね、全然似ていませんでしたから」

「何をしにきたんですか？」

「さあ、知りません。小遣いでも持ってきたのでは？　ちょっと気になったのは、ホテルの従業員が、二人が言い争いをしていたのを聞いています」

「二人というのは、リオンとカトリーヌ・シャレットがですか？」

「そうです。でも、それくらいのことはありますよね」

「もう一人の医者というのは？」

「パリの精神科医で、名前は……」彼はまた手帳を見た。「ルネ・スーレイロル。リオン・シャレットが定期的に彼の医院へ通っていたらしい。薬を飲んでいたので、かかりつけの医者に問い合わせたのです。シャレットの持ち物に、その医院のカードがあったんでね。そうしたら、院長がわざわざやってきました。いえ、なんかこちらへ来る用事があったって話していましたけれどね。でも、どうかな……」

「なにか怪しいことでも？」

「いえ、うーん、理由はありませんけれど、ちょっとハンサムで、若い先生だったんで、気になっただけです」

「その病院でもらった睡眠薬を飲んでいたのですか？　殺人現場で眠っていたというのは」

「いいえ、何を飲んだのかは、はっきりとはわかりません。解剖するわけにもいきませんからね。本人も覚えていないと言っている。たぶん、その病院が出すような薬ではない。もっと、高い薬ですよ」

「もしかして、麻薬ですか？」

「ええ、それもあったと思います。ピアニストが、沢山取り揃えて持っていましたし、もちろん、反応が出ているものもあります。この頃は、風邪薬みたいに、簡単に飲めるやつまであるんですよ。いろいろ楽しい幻が見られるらしい。ぐっすり眠れるようなものはないかもしれませんが」

「そのピアニストの家には、ほかに誰かいましたか？」

「いえ、独り住まいです。外から見た感じは、ごく普通の住宅です。防犯システムはありましたが、スイッチは切られていました。有名人だったら、カメラくらい設置しておいてほしかったですね」
「目撃者とかは?」
「いえ、一人も……」ランディは首をゆっくりと左右にふった。

4

ミラノでリオンに会わなかったことを、僕は後悔した。彼はすぐ近くのホテルにいたのだから、会いにいくことは難しくなかった。けれど、そこまで自分は彼に近い存在ではない。友情を感じていたわけでもなく、また、そういうものを押しつけるつもりもなかった。それに、警察の手前もあったかもしれない。特に、あのランディ刑事がリオンを見る目があった。たとえば、パリの精神科医さえも、ハンサムだというだけで変な目で見られていた。男娼のように露骨な言葉にはしなかったものの、表情でわかった。だから、リオンに会いにいくと言えば、自分もそんな目で見られる気がしたのだ。

もともと会うつもりもなかった。パリのときだって、リオンは特になにも話してくれなかった。あのときはまだ、僕の名前を警察に告げたのだから、こちらとしても直接会っておく理由があった。結局その話を彼が持ち出さなかったことが、僕には一つの結論だった。どうでも良いことだったか、あるいは、警察がリオンの言った冗談を勘違いしたのだろう、と。

ミラノでは、僕の名が出たわけではない。だから残念ながら、彼と会って話をするほどの理由が、僕にはなかったわけだ。残念ながら、と思ったのは、本心としては会いたい気持ちがあった、ということ。あとになってそれがよくわかった。だから、後悔しているのだ。

パリで、彼に久し振りに会って話ができたことが、しばらく僕を落ち着かせたと思う。その後結婚をして、リオンのことをすっかり忘れていたといっても良いかもしれない。ときどき、テモアン刑事とメールを交わすのは、むしろ仕事の範疇《はんちゅう》という認識だった。

ミラノでは、リオンに会わずに帰った。その後、何度か夢の中にリオンが登場するようになった。驚くべきことに、ミシェルと一緒にいるときにも、彼女をこの手に抱いているときにも、僕はときどきリオンを思い出すようになった。自分でも、これは異常なことではないか、と思い悩んだ。ミラノで会わなかったことが、ありもしない妄想を大きくしたのではないか、とも考えた。後悔することになったのは、このためだ。

ミラノの事件の三週間後だったか、年が明けてすぐ、僕は、仕事でパリに出かける用事があった。そのついでに、ルネ・スーレイロルの医院を訪ねることにした。完全な予約制だったので、あらかじめメールで連絡を取り、訪問する時間も指定された。

近くにデパートがある都心部で、すぐ隣は小さな公園だった。十五階建てのビルの十二階に、ルネ・スーレイロルのクリニックがある。磨りガラスに、その名が記されていた。普通のオフィスのような雰囲気だった。

　医院といっても、外科治療をするわけではない。医院特有のあの匂いはまったくしなかった。そうではなく、微かにフルーツ系の香りがした。受付の女性は、ピンクの眼鏡をかけていた。名前を告げると、その女性が奥の部屋へ案内してくれた。普通の住宅のようなインテリアだった。

　ルネ・スーレイロルは、ブラウンのセータを着て、デスクの椅子に腰掛けていた。手前にソファが置かれ、握手をしたあと、そこに座った。僕よりは歳上だが、とても若々しい。整った顔立ちで、映画スターの誰かに似ていそうな感じだった。

「えっと、リヨンからいらっしゃった。ずいぶん遠くから」

「はい、仕事できたので……」

「どなたからお聞きになりましたか？」

「リオン・シャレットからです」僕は答える。「彼は、大学の後輩です。寮で同室だったことがあります」

　スーレイロルは、一瞬だけ動作を止めた。驚いた様子だった。しかし、それを隠すように、すぐに笑顔がカバーした。いつでも、どんなときでも笑える能力がありそうだった。

「治療をお望みですか？　それとも、それ以外のご用件でしょうか？」

「治療は、ええ、たぶん、必要ないと思います。わりと頻繁に、嫌な夢を見ますが、それくらいは、異常ではありませんよね？」

「どんな夢ですか?」

「いえ、それは……、お話しできるようなことでは」

「もし、それで悩まれているならば、話された方が良いと思います。けっして恥ずかしいことではありません。それから、ここで話したことは、絶対に外には出ません。私以外には……」

「では、リオンのことをお尋ねしても、教えてもらえないわけですね?」

「ああ、ええ、そうです。治療において患者さんから私が知った情報は、すべて無条件に秘密にしなければなりません」

「私は、インターポールの人間です」僕はポケットから身分証明書を出して見せた。「警察ではありませんが、国際的な犯罪を取り扱っている機関です」

「レナルド・アンペールさんですか……、ああ、なるほど」スーレイロルは証明書を見てから顔を上げた。「貴方の名前を、私は以前から知っています」

電話で予約を取るときには、簡単な住所とファミリィネームしか告げなかった。

「もしかして、リオンが、僕の名を先生に?」

「ええ、そうです」スーレイロルは頷いてから、溜息をつき、脚を組んだ。なにか考えているようだ。おそらく、たった今語ったところの職業倫理に抵触しないか、ということだろう。

「僕の仕事にも倫理的な制約があります。聞いたことを、公開するようなことはありません」

ルネ・スーレイロルは、僕を見据えて頷き、そして話を始めた。

「先月、ミラノまで彼に会いにいってきました。ご存じですね？　ジャンニ・ピッコの事件です。その関係のことでしたら、事件解決のためにも、ええ、できるかぎり協力したいと思います」

「どうして、ミラノへ行かれたのですか？　誰かに要請されたのですか？」

「最初、警察から問合わせがありました。でも、私が出向いたのは、リオン・シャレットが直接電話をかけてきたからです。頭が痛いから、なんとかしてほしいって」

「患者からそういった要請があれば、わざわざ飛行機に乗って出張なさるのですか？」

「場合によりますね。結果的に、今回は、特に会う必要もなかったことは確かです。私が診たときには、もうだいぶ頭痛も収まっていて、いつもの薬を処方しただけです。精神安定剤の類です」

「リオンは、どうして先生の患者になったのですか？」

「最初ここへ来たのは、ある人の紹介でした」

「イザベル・モントロンですか？」

「いえ、それは申し上げられません」

「彼は、薬を常用しているのですか、その……、いろいろな薬があるかと思いますが。その関係でこちらへ来たのでは？」

「そうですね、それも一つの症状としてありますが、でも、それほど深刻ではない。それよりも、もっと別の症状がありました」

「どんな?」

「それも、申し上げることはできませんね。本人の許可がなければ」

「それは、病気ですか?」

「わかりません。そう簡単に判断がつくものではありません。今も治療中です」

「僕の名前を先生に言ったという話を、お願いします」

「ええ、これも本来は秘密にすべきことでしょうが、ご本人がわざわざいらっしゃったのですから、ここだけの話、例外的なケースと考えて、お話ししましょう。リオン・シャレットの口から、何度かレナルド・アンペールの名を私は聞いています。彼は、まるで貴方を崇拝しているようです。そう、キリストのようにね。私には、その根源的な事情はわかりません。なにか心当たりがありますか? 是非、教えていただきたい」

「まったく見当もつきません。彼とは、その、親友とも呼べない、単なる知合いです。半年間、ルームメイトでしたが、先輩と後輩で四年も離れている。僕はちょうど修業の課題で忙しい時期でした。あまり話もしなかった。彼はとても無口でした。プライベートなことは語らなかったので、ほとんど彼のことを知りませんでした。知ったのは、つい最近になってからで、それらは警察からの情報です」

「そうですか。では、彼は、自分でなにか想像しているのでしょうね」

「先生は、モントロンの事件のときに、リオンがどこにいたのか、ご存じですか?」

「もちろん知っています」

「それは、警察から聞かれたのですか？」

「警察も、ええ、ここへ一度来ましたよ。でも、私がそれを知っているのは、リオン・シャレットが語ったからです。彼が説明したことは、警察から聞いた状況とほとんど同じでした。彼は狂っているわけではありません、限りなく正常な青年です」

「でも、リオンは、僕がモントロンの首を絞めた、と警察に話したのです。びっくりしましたよ、それを聞いたときには」

「そうらしいですね。その点については、リオンは、私にはなにも言いませんでした。おそらく、彼は、神様がやった、と言いたかったのだと思います」

「神様がやった？」

「ええ、そういう言い回しをよくしますね。自分がやったのではない、神様が自分にやらせたのだと言うことがあります。たとえば、ジャンニ・ピッコの家にいたのは何故かと尋ねると、神様がいた方が良いと言った、と答えました。また、以前に、神の名はレナルド・アンペールだと言いました」

「聞き間違いなのでは？」

「いいえ、スペルを教えてくれましたからね、まちがいありません。だから私も覚えていた。貴方が、レナルド・アンペールだとさきほど知って、ああ、この人だったかと思いました」

「僕は、そんな特別な人間ではありません」

「彼にとっては、特別な存在なのです」

「しかし、その、そういうふうにリオンから直接言われたこともないし、そうですね……、彼とは握手もしたことがないと思います。躰に触れたこともない」

「どうしてですか？」

「え？」

「ルームメイトだったのでしょう？　握手もしないのですか？」

「ええ、握手をしたことはないと思います。なにかを手渡すときに、手が触れることがあったかもしれませんが、それくらいですね」

「どうして、そう考えるのですか。自分を抑制している、ということは？」

「意味がわかりませんが」

「必要以上に意識している、ということがあるものです。貴方は、リオン・シャレットをどう思っていますか？　彼のことが好きですか？　彼と話をしたいと思いますか？」

「先生、僕は、その……、治療にきたわけではありません。いちおうお答えしておきますが、彼は、そうですね、見た感じはとても綺麗です。人形のようです。でも、それでどうこうしたいというふうには僕は思いません。好きでも嫌いでもない。彼と話をして楽しいと思ったことはないし、今でも、会いたいとは思いません。これでよろしいですか？　もし、本当に悩むようなことがあったら、先生に相談します。そのときはよろしくお願いします」

「わかりました。どうもありがとう」医師は、マスクのような職業的な微笑みを浮かべた。

「先生は、殺人事件のことはどうお考えですか？　リオンにはまったく無関係でしょうか？　偶然でしょうか？」

「私にはわかりません」彼は笑顔のまま首をふった。「専門外です。少なくとも、リオン・シャレットが殺人犯でないことは確かです。これは警察もそう考えているはずです。物理的に不可能だからです。ただ、もし二つの事件の犯人が同一人物であれば、その動機に、リオン・シャレットが関わっている可能性はあるでしょう。それは、彼にとって無関係とはいえませんね。たとえそれが、目に見える利益を求めるような単純な動機ではないにしても」

5

その後、ミラノで会ったランディ刑事から一度電話があった。リオンの行方を知らないか、という問い合わせだった。もちろん、僕は知らない。いなくなったのですか、と問い返したけれど、どんな経緯だったのかは教えてもらえなかった。拘束していたわけでも、また結局はしっかり監視していたわけでもなかった、ということだろうか。

僕のところへリオンの方から直接連絡があったことなんて、ただの一度もない。これは、彼と知り合ってから、そして、実はずっとあとになっても、変わらない一つの法則だった。僕たちは友達ではないし、親しいわけでもないのだ。

それでも、どうしても気になった。気になってしかたがなかった。学生のときには、隣のベッドで寝ていた後輩である。それが、今はどこにいるのかわからない。ずっと遠い存在のはずなのだ。それなのに、彼の夢を見る。

自分がいつの間にか、リオンに取り憑かれている、と自覚した。どうしてこんなことになったのか、よくわからない。いつからなのかも判然としない。もちろん、パリの殺人事件があってからだ。それまでは、少なくとも意識して考えたことはないし、夢を見ることもなかったはず。すべては、あの事件が始まりだった。リオンと病院で会ったことが影響しているのだろうか。そして、あの事件のあと、僕はミシェルと一緒に暮らし始めた。このことさえも、無関係とは思えなかった。

偶然だろう、と思いたかったけれど、何故かそちらの方向へ僕は考えてしまう。ミシェルには不満は何一つない。それは確かなことだ。それでも、僕の気持ちは、いつも冷めている。それが自分でよくわかった。彼女の夢を見ることはあまりない。リオンが楔《くさび》のように、僕たちの間へ入り込んできたみたいに思えるのだった。

なにか間違っているのではないか、とも考えた。つまり、自分で自分の欲求を理解していない、だから、こんなふうに捩《ね》じれてしまうのではないか、と。

幾度か、ルネ・スーレイロルに相談しようとも考えた。カウンセリングをしてもらうことで、僕の悩みを聞いてもらうことで、この形のない不満が解消できるのではないかという期待があった。けれども、それは違う、とやはり自分で否定をする。何度も、同じ否定をした。

夢の中では、リオンが実は女性だった、ということがあった。ああ、そうだったのか、と僕はほっとする。でも、目が醒めて、その恐ろしさに、身震いした。どうして、そんなふうに考えてしまうのか、と思わず十字を切らずにはいられなかった。

それから、リオンとスイスへ旅行をする夢も見た。これは、彼がそう言ったことがあったからだし、そのあと、僕はミシェルとスイス旅行をしたからだ。その後も僕は、ときどきスイスのことをネットで調べたりした。また行きたいとも考えていた。ぼんやりと、風景の写真を眺めているだけのこともあった。

あるとき、僕が見ていたモニタをミシェルに見られてしまった。彼女が突然部屋に入ってきたからだ。コーヒーを持ってきてくれたのだ。

僕は、うたた寝をしていたようだった。びっくりした。けれど、びっくりする方がおかしいことをすぐに思い出した。彼女から、コーヒーカップを手渡されたときには、もう笑顔で応えることができた。

「レナルド、この頃、少し疲れているんじゃない?」彼女は少し離れた壁にもたれ、腕組みをして、そう言った。

「そうかな。いや、君の言うとおりかもしれない」

「忙しいの？」

「うーん、それほどでもないよ」たしかに、重要な作業を任されるようにはなっていた。出張も増えている。でも、忙しいと感じたことはなかった。「忙しいといったら、君の方が忙しそうだ」

「私？　そう見える？　私、要領がいいから。人に任せられることは、任せないと」

「そうだね」

ミシェルは、自分で店を持っている。最近、三軒めをオープンさせたらしい。規模は小さいけれど、立派な実業家なのだ。彼女の実家からの経済的な後押しがあったとはいえ、今は完全に独立している。僕よりもずっと稼ぎが多い。方々へ飛び回っていて、家に帰ってこないことも、僕などの比ではなかった。でも、お互いにあまり干渉しないことにしている。僕も、その方が気が楽だし、彼女もそう考えていると思っている。

「その写真は何？」ミシェルがきいた。

「え？　ああ、これか……」モニタの写真のことだった。「うん、またスイスへ旅行をしたいなと思って」

「へえ、出張じゃなくて？」

「出張じゃなくて」

「誰と？」ミシェルは小首を傾げてきいた。その質問は、まるで矢のように、僕に刺さった。

「君と。でも、忙しいだろうと思って、言い出せなかった」

「きいてみたら？」

「忙しい？」

「私なら、それほどでもない。貴方が忙しいんじゃない？」

「僕も、それほどでもないよ」

彼女は近づいてきて、腕を回し、僕の肩のところに顎をのせた。それから、軽くキスをした。

三週間後に、僕たちは休暇を取って、スイスへ出かけた。今回は自動車ではなく、電車を選んだ。白い山々を見て、雪の壁に沿って、ゆっくりと地を這《は》うのも素敵だ。一週間以内に戻れば良い、ということしか決めず、行き先も前の日に相談しながら移動することにした。

この旅行で、僕はリオンのことが忘れられると期待していた。僕は、リオンではなく、現実の恋人、現実の妻、最愛のパートナとスイスへ行く、これこそが幸せというもの、唯一の揺るぎのない人生のあり方だ、と自分に何度か言い聞かせた。

僕は、二人の旅を楽しんでいることを演じた。そして、彼女もまた同じように、そう演じているように見えた。けれども、どこかが完全ではない。僕たちは、あまりにも似ているのかもしれない。子供のときからお互いをよく知っている。その頃から、二人はいつか結婚すると思っていた。僕だけではなく、ミシェルもそう思っていた、と言う。実は、まだ正式に籍は入れていない。

その必要があると、二人とも感じていなかったからだった。

逆に言えば、いつでも別れられる二人だった。子供もいないし、二人で共同で築き上げたものもない。明日から別々に生きていくことになっても、何一つ変わらない。不自由はない。ただ、両方か、それともどちらかが、新しい部屋を探すだけのことだ。

嫌いなところはない。彼女は本当に完璧だと思う。魅力的だし、理知的だし、なによりも優しい。けれども、どうしても熱くなれなかった。それは、きっと僕のせいだろう、ということしかわからない。僕の中に邪魔をするものがある。それが、何か、わからない。でも、僕はそれがわからない振りをしているのではないか。そう自問する。そして、どうしてもその次には、リオンの顔が思い浮かんでしまうのだ。

これは、ミシェルには絶対に話せないことだった。もし、彼女が同じように考えていて、彼女の口からそういう言葉が出たら、僕は素直に同意しただろう。もしかしたら、打ちのめされるかもしれない。でも、それくらいショッキングなことがあっても許せる。むしろ、それが本当のように思えるのだった。

ローザンヌでレンタカーを借りて、北へ走った。ヌーシャテル湖を右に見て、しばらくドライブを楽しんだ。ゴルジエの少し手前で、ホテルを探した。週末ではないし、こんな季節だから、ホテルはどこも部屋が空いていた。

部屋に入って、シャワーを浴びたあと、ミシェルは街へ買い物にいくと言って出ていってしまった。僕が運転で疲れていると思ったようだった。普段でも、彼女は買い物に僕をつき合わせるようなことはしない。そういう人だ。

湖が見える部屋で、ベランダもあった。けれど、寒くて外に出る気にはなれない。窓際でソファに座ってテレビを見ていた。冷えたシャンパンがあったので、それを少しだけ飲んだ。そのまま、そこで眠ってしまったらしい。ミシェルが戻ってきた音で、目が醒めた。

「レナルド、これ、見て」彼女はいきなり、僕のまえに雑誌を差し出した。

女性向けのファッション雑誌だった。その表紙に目の焦点が合うと同時に、僕は驚いて座り直した。

「ね、似ているでしょう？　えっと、何ていった？　貴方のルームメイトだった……」

「よく覚えていたね」僕は平静を装って、まずはきき返した。

「そりゃあ覚えているわよ。あんな美人、見たことないもの。そっくりじゃない？　ね、世の中には似ている人がいるものね」

そう言いながら、彼女はバスルームへ行ってしまった。

雑誌の表紙は、青と白のボーダのシャツに、半袖の白いジャケットを着たリオンだった。明らかに彼だ。いつもと違うのは、メイクをしていること。だから、やや雰囲気が違っている。明るいイメージになって、妖艶《ようえん》な感じはむしろ抑えられていた。知らない者が見れば、女性のモデルに見えるだろう。ミシェルもそう思ったのだろう。だから、リオンに似たモデルがいる、という発想になった。ページを捲《めく》って、表紙の写真の説明がないか探した。インデックスの下にそれを見つけた。モデルの名は、ザーラ・レッシュとある。カメラマンは、エジー・ノイエンドルフ。その二つの名前を記憶した。まもなく、ミシェルが戻ってきそうだったので、その雑誌はテーブルに戻しておいた。

戻ってきたミシェルは、その雑誌の話をしなかった。そんなに気にしていなかったようだ。ミシェルには、かつて一枚だけリオンの写真を見せたことがある。そのときの印象が強かったのだろう。自分が買おうとした雑誌の表紙に、似た顔があった、というだけのことらしい。

僕たちは、そのまま部屋を出て、ホテルのレストランで食事をすることになった。気がつけば、外はもう暗い。

高価な料理を食べた。テーブルには、グラス・キャンドルがあって、ミシェルがその炎を見て、空気が汚れないかしら、と言った。冷たいデザートも食べた。そのあと、ワインの残りをゆっくり楽しんだ。ミシェルは、少し酔ったのか、いつもよりも眠そうな目つきだった。

「何ていう名前だったたっけ、ルームメイト、さっきの雑誌の」

「リオンのこと?」

「そうそう、リオン、ライオンよね。その人、どうしたの?」

「いや、知らない。えっと、四年下だから、もう学部なら卒業かな」

「連絡とか、ないの?」

「ないよ」

「ふうん……。妹なんじゃない、あのモデル」

「妹がいるなんて、聞いていないけれど、そうかもしれない。でも、あれはドイツの雑誌だよ」

「そうか、そうね……。今頃、女性になっているんじゃない？」

「それは、どういう意味？」

「いえ、ごめんなさい。下品だったかも……。ねえ、今度は、もっと遠くへ行かない？」

「旅行？　もう次の話？」

「そう、気が早いのかしら。私っていつもそう。えっと、中国か日本か……、ああ、インドも行きたい」

「そうだね」

「商売で、日本とはけっこう取引があるから、伝手《つて》があるのよ」

ミシェルの仕事は、スポーツ用品の関係だ。しかし、道具というよりはファッション。服とか靴とか、そう、アクセサリィも扱っている。あまり詳しくは知らない。一度、パリにある店に行ったことがあるけれど、女性用ばかりだった。スポーツ用品に限らず、なんでも扱っているように見えた。もともと、ミシェルは若い頃、トラック競技の選手だった。数年もしたらオリンピック選手の候補に選ばれるのではないか、と僕は期待していたけれど、それは実現しなかった。あるとき、少し体調を崩して精密検査をした。その結果、競技が続けられなくなってしまったからだ。もちろん、普通の生活には支障はない。僕よりもずっと健康だ。

日本への旅行なんて、このときは、まさか実現するとは思ってもみなかった。つまり、将来自分がそんな遠くへ行くなんていう想像はまったくしていなかったということ。

この二回めのスイス旅行は、二人にとって良い思い出になったと思う。楽しかったし、それに風景は完璧に素敵だった。嫌なことはなかったし、トラブルもなかった。帰ってきて、僕たちは普段の生活に戻ったけれど、しばらくの間、スイスの話をすることもできた。写真を眺めて、思い出を確かめ合った。

こういうのが、普通の家庭というものだ、と僕は信じようとしていた。そういう粘度の高い安定した「普通」という毎日が、僕に欠けているものなのではないか、という気もした。

けれど、数カ月して、次の情報が飛び込んできた。その僅《わず》か一滴で、「普通」という液体は化学分解し、一瞬にして蒸発してしまった。

第2章

原罪

Chapter 2: Original Sin

その日、日は黒布のごとく
翳《かげ》り、月は血のごとく染り、
空の星は無花果《いちじく》の実の、い
まだ熟れざるに枝より落つ
るがごとく地に落ちかゝり、
地上の王たちはそのさまを
見て恐れをのゝくであらう。

1

久し振りにテモアン刑事に会うことになった。六月だったので、リールの事件からまる三年になる。彼は、パリへはけっこうな頻度で来ているらしい。でも、僕のいるリヨンは、さらにずっと南だ。わざわざ、こんな遠方まで来てくれるというのは、捜査に進展があったのだろうか、と思ったけれど、電話では彼はそれを否定した。

平日の午後で、僕はオフィスを抜け出して、彼に会いにいった。最初に会った同じホテルのラウンジだった。もう二年以上もまえのことになる。

リールのモーテルであった事件、ベルギーの資産家、フレデリク・シャレットの殺人は未解決のままだ。もちろん捜査は続いているはずだが、なにか進展があったら、テモアンが知らせてくるはずである。そんな話は一切なかった。パリのイザベル・モントロン事件も、もう大衆の記憶から消えつつあるだろう。それどころか、昨年末、イタリアで殺されたジャンニ・ピッコももう話題に上ることはない。世の中の浄化作用というのは、凄まじいとしか言いようがない。

テモアンは、過去の事件の話ではない、と切り出した。彼は、紙袋を抱えていて、中から一冊の本を取り出した。そして、こうつけ加えた。

「すぐそこの書店で買ったものです。どこの本屋にも置いてある。ご存じでした?」

僕はまったく知らなかった。表紙は、人の腕が写った白黒写真で、タイトルは、「美神」、そして、エジー・ノイエンドルフの名前が記されていた。写真集のようだ。手渡された本の表紙をまずじっくりと見た。細い腕が斜めに、右上から左下へ伸びている。その手の先に、グラスがあって、シャンパンだろうか、透明の液体に細かい泡が見える。バックにはなにもない。美しいラインの腕と手首そして指は、それだけで惹きつけるものがあった。

僕は、この写真家の名前を記憶していた。だから、本を開くまえに、明らかな心構えができていた。顔には驚きを出さなかっただろう。冷静に、ページを捲ることもできた。そこにあるのは、一人のモデルを撮影した白黒写真で、場所は様々だった。スタジオのようにバックがないものもあれば、窓や家具が見える室内、あるいは屋外で撮られたものもある。街角であったり、公園らしいところであったりした。モデルは、ほとんど表情がなく、半分は顔を背けている。しかし、残りの半分は、こちらを見つめていた。口を少しだけ開いているものが多い。コントラストは鋭い。すべてが、明らかに、リオン・シャレットだった。どの写真も例外なく、彼一人が写っている。ほかに人物は一人も、背後の風景としてさえも登場しない。

インデックスや奥付などを見ると、モデルの名として、ザーラ・レッシュとあった。これも、記憶のとおりの名だった。

「もしかして、もうお持ちでしたか?」テモアンはきいた。

「いいえ、こんな本が出ているなんて、知りませんでした」

「でも、あまり、驚かれませんでしたね」

「ああ、ええ……」僕は頷き、そこで小さく溜息をついた。「この二月ですが、スイスへ行ったとき、妻が、ドイツのファッション雑誌を買ってきたんです。その表紙が、このモデルでした。カメラマンも同じです」

「カメラマンというか、エジー・ノイエンドルフは女性です」

「ええ、それはわかりますが……」

「もとは、本人も人気モデルでした。まだ若い。三十代ですね。ドイツでは、けっこうよく見かける顔です。テレビなどにも幾つか出演している」

「そうですか」

「どう思われますか？」テモアンはその質問をして、真っ直ぐに僕を見据えた。

「似ているのか、それとも本人か、という質問ですね？」

「そうです」

「その答を、既にお持ちなのですか？」

「もちろんです。でも、私はですね、アンペールさん、貴方の意見が聞きたくて質問をしたのです」

「これは、リオン本人でしょう」僕は答えた。「最初に見た雑誌でも、それはわかりました」

「正解です。もちろん、百パーセントとは言いませんが、たぶん、まちがいありません。ザーラ・レッシュというモデルは、ここ最近ドイツで売り出し中で、あちらこちらで見かけるそうです。それが、フランスへも広がってきた。写真を撮っているのは、すべてノイエンドルフです。独占契約を結んでいるのでしょうね。ドイツの雑誌で、インタヴューにも答えている」

「写真家がですか?」

「いえ、ザーラ・レッシュがです。マスコミでもちょっとした話題になっている。男か女か、素性を明かしていないことで、よけいに注目が集まっています。女性にしては美しすぎる、ということだそうです」

「へえ、なかなか洒落《しゃれ》たキャッチコピィを考えましたね。どうして、リオン本人だとわかったのですか?」

「本人が答えているんです。インタヴューでね」

「何て?」

「イザベル・モントロンとも、ジャンニ・ピッコともつき合っていた、そう個人名を挙げて断言している。片方は女優、片方は老齢のピアニスト、女と男ですから、性別が問題にもなるわけです」

「つき合っているという言葉の意味には、いろいろなレベルがあります」

「いえ、実際に使った表現はこうです。同じベッドで寝たことがある」

「ああ、そうですか。それは、ずいぶん限定されますね」

「雑誌に曖昧に書かれていること以外は、警察ももちろん発表していませんからね、時間が経っているとはいえ、影響はあるでしょう。パリやミラノの警察には、問い合わせが殺到しているらしい。もちろん、既に公表していること以外には、なにも申し上げることはない、としか答えられませんがね」

「警察は、どこかから圧力がかかって秘密にしていたわけですよね。でも、リオンにはそんな依頼は誰もしなかった。彼にしてみれば、内緒にしておく理由はない、ということなのでは？」

「ええ、まあ、そうかもしれません。でも、大胆としか言いようがない」

「どうしてですか？」

「ただ親しかった、というだけならわかります。有名人との交際を明かせば、売り出し中の新人には有利な材料になるでしょう。特に、死んでしまった有名人ならば、現在進行形ではない、過去のことになりますからね、それほど悪い印象でもない。ただそうはいっても、普通に死んだんじゃないんですよ。絞め殺されたんです」

「その点が、大胆なのですか？」

「ええ、だって、普通に考えたら、疑われますよね。どちらの事件も未解決、犯人は捕まっていない。それに、私が担当しているリールの事件もある。さすがに、これはドイツでは伝えられていませんが、マスコミはそのうち嗅ぎつけるでしょう。そうなると、三つの殺人に関係してる偶然を、どう説明するつもりなのか、という話になるわけですよ。そう思いませんか?」

「そこまで深く考えているとは、僕には思えませんね。彼にしてみれば、殺されたのも、普通に死んだのも、同じ印象なのかもしれませんし」

「いや、それは違う」テモアンは首を左右にゆっくりとふった。「その感覚は普通じゃない。奴はですね、殺人現場にいたんですよ。ミラノでは眠っていたかもしれませんが、パリのときは、おそらく殺人を目撃しているんです」

「いや、見ていないかもしれない。寝ていたということだって……」

僕は、リオンが僕の名を語ったことから、彼がそのとき夢か幻覚を見ていたのではないか、と疑っていた。

「アンペールさん。いいですか?」テモアンは指を一本立てた。「人間の首を絞めて殺すのに、どれくらい時間がかかるかご存じですか? 一分とか二分じゃありません。猛烈な抵抗を受けます。死に際で藻掻《もが》く人間はですね、自分の首の肉を削るくらい爪を立てる。そんな簡単じゃない。手を伸ばせば届くほどのところにいたんです。振り向けば目の前だ。奴は見た。絶対に知っているんですよ、誰がモントロンを殺したのか」

「何故、それを警察に言わないのでしょう?」

「簡単です。奴が共犯だからですよ」テモアンはそう答えながら、片手を前に出して広げた。僕の反論を遮《さえぎ》るジェスチャに見えた。「私は、むしろ、彼自身が殺しをやったのではないかと疑っています。まあ、どちらにしても、パリの事件は、内部から手引きをして施錠を解いたとしか思えません。シャレットは、モントロンの首を絞めてから、誰かに自分の手首をベッドに縛るように頼んだ。もう一人いれば、それができる。そのために共犯がいたということです。リールのときには、たぶん一人でやった。あのときが初犯です。しかし、二回めではさすがに疑われる。だから、策を練った。そして、ミラノでは、もっと賢くなった。ガラスを割って侵入したようにも見せかけた。内部から手引きをしたと思われると不利だ、ということを学習したわけです」

「リールのときのように、パリでは、どうして殺人現場から逃げなかったのでしょうか？」

「つき合いがあることくらい、すぐに調べがつきます。周囲に知られていて、証言されてしまう。疑われたら、致命的です。まえの事件のことがありますからね。ミラノでもそうだった。ピアニストは、美少年を連れ回しているんです。周囲に見られている。殺人現場から逃げたとしても、まっさきに疑われたでしょう。そう考えると、捨て身の究極のアリバイとして、自分は縛られていたというトリックを思いついたのです。現場にいるという不利を背負うことで、まさかわざわざそんな馬鹿な真似は、真犯人であればしないだろう、と警察に考えさせるわけです。物理的に不可能だった、と見せかけるために、縛られて動けないという状況を作ったのです」

「でも、それだけのために、共犯者が必要になりますね」

「ええ、そこです」テモアンは頷き、長く息を吐いた。「でも、共犯者が殺したとは思えない。もっと従属的な立場の人間だ、と私は思いますね。シャレットの信者のような」

「信者？」

「そういった取り巻きがいくらでもいるでしょう」

「そうなんですか？」

「調べると、そういった人間が何人か出てきます。例外なく、ちょっといかれたティーンエイジャですがね」

「女性ですか？」

「どちらもいますね。どちらかといえば、女性が多い。おそらく、使い捨てのように、そういう共犯者を使ったのでしょう」

「使い捨てというのは、どういう意味ですか？」

「既に殺されているかもしれない、ということです」

「あの……、そこまでして殺人を犯すのは、どんな理由ですか？　リオンにはどんな動機があるのでしょうか？　なにか利益が得られたようには見えませんが。盗まれたものとかが、あるのでしょうか？」

「金ならば、被害者が生きていたときに、いくらでももらえたでしょうね。でも、そうやって、沢山金をつぎ込むほど、独占したくなるのが人情というものです」

「では、その独占から逃れるために、殺したと？」

「ええ、そういうことです」

「逃げるために、殺したと?」

「ようするに、もっと良い条件の、次のパトロンが待っていたのでしょう」

テモアンの話を聞いて、僕が思い出したのは、リオンから聞いた狐狩りの話だった。もしかして、テモアンはあのとき盗聴していたのかもしれない、と思えるほどだった。

2

偶然にも、その一カ月後に、僕はドイツのフランクフルトへ出張することになった。これは、事件とはまったく関係はない。ユーロ圏の警察機構の定例の連絡会議のようなもので、政治家も参加する会合だった。僕は、部長の鞄持ちのような役目で同行することになった。その部長は、局長の補佐が役目だ。会議は二日間だけ。一番の仕事は、パーティに参加して、大勢に会うことだったけれど、それは局長や部長の仕事であって、僕の年齢では、誰も相手にしてくれない。

局長と部長を飛行場で見送ったあと、僕だけもう一日ドイツに留まることにした。写真家のエジー・ノイエンドルフと連絡が取れたからだ。事前にメールを送っておいたが、なかなかリプライがなかった。彼女はダルムシュタットに事務所を構えている。すぐ近くの街である。

メールに電話番号が書かれていたので、電話をかけた。その二時間後に、彼女の事務所の前で、僕はタクシーから降りた。夕方の五時だった。

エジー・ノイエンドルフは、長身の女性で、ストレートのロングヘアも瞳も濃いブラウン。小さなレンズの眼鏡をかけていた。メールでは、リオン・シャレットの知合いだということ、それからインターポールの人間で、警察関係の会議のためにフランクフルトに来ていることを書いた。ザーラ・レッシュの名前は出していない。リオン・シャレットと書いたのだ。それが通じたということは、ノイエンドルフが、モデルの本名を知っていることになる。会いたい理由としては、ただ、ききたいことがあるとだけしか説明していない。

若い女性のスタッフが紙コップに入ったコーヒーを持ってきてくれた。オフィスのソファに、ノイエンドルフと向かいあって座る。彼女はミニスカートで、白い脚を僕の目の前で組んだ。

まず、リオンとの関係を簡単に説明した。大して親しいわけではない、と強調しておいた。エジー・ノイエンドルフは、黙って聞いている。ナチュラルなメイクのためか、理知的な落ち着いた女性に見えた。

「レナルド・アンペールという名前は、彼から聞いています」それが、ノイエンドルフの最初の言葉だった。僕が、それほど親しいわけではない、と話したから、そんなことはないだろう、という反論だったのかもしれない。

「彼が僕の名を語る理由は、実は、僕にはよく理解できていないのです。過去に、そういうことがありました」

「そうかもしれませんね。私にもそんな気がします」

「え、どういうことですか?」

「貴方のことではないのかもしれない、という意味です。私は、もっと……」彼女は視線を上に向けた。「伝説上の英雄とか、そんな物語の登場人物かと思っていたわ」

「レナルド・アンペールが、何だと言っていましたか?」

「僕を助けにくる、と」

「残念ながら、彼を助けたことは一度もありません」僕はそう答えてから微笑んだ。

「それで、ご用件は、どんなことでしょうか? お仕事でいらっしゃったのでしょう? 警察の関係なんですから、事件の捜査?」

「そうですね、本当のところ、仕事かどうか、まだはっきりしません。リオンがつき合っていた二人、イザベル・モントロンとジャンニ・ピッコのことは、ご存じですね?」

「ええ……、どちらも、殺されたという」

「警察が、貴女のところへ、なにかききにきましたか?」

「いいえ。ここは、フランスでもないし、イタリアでもありませんからね。それに、私は、その、殺された二人と関係はありません」

「でも、ドイツの警察にも、捜査依頼は来ているはずです。もちろん、書類だけというか、形式上のものですが」

「何でしょう？　リオンと関係があるのですか？」ノイエンドルフは首を傾げた。特に不安そうな顔には見えない。僕よりも歳上で、キャリアと才能を伴った自信を感じさせる言葉、そして仕草だった。

「二件の殺人事件の現場に、リオンがいた、ということはご存じですか？」

「ええ、知っています」彼女は優しい表情のまま頷いた。

「リオンから聞いたのですか？」

「そうですよ」

「どう思われました？」

「いえ……」両手を広げて、顔の高さまで持ち上げた。「私が、なにを思うというの？　私には無関係でしょう？」

「でも、ドイツでも、いえ、フランスでもなんですが、それは公にされていません」

「それ、どうしてなのかしら。つまり、その有名人たちの名誉が傷つけられるということ？　誰が内緒にしているの？」

「そうですね。うーん、まあ、格好の良いものではないと思った誰かでしょうね」

「二人ともアーティストでしょう？　隠すことかなあ。私には理解できない」

「実は、もう一件、あの、ここだけの話ですが、パリの事件のまえに、殺人があったのです。殺されたのは、リオンの養父でした」

「あら、それは知らなかった。どこであったの？」

「フランスの北部です」

「誰が殺したの？」

「まだ解決していません」

「そこでも、殺人現場に、その……、彼が縛られていたわけ？」

「いいえ、それは違います。ただ、モーテルで首を絞められているのが見つかっただけです」

「インターポールが取り上げるのは、国境を跨《また》いだ連続殺人だと睨んでいるからなのね？」

「いいえ、それも違います。まだ、そんな確信は持っていません。ただ、状況として、偶然が重なっているというだけのことです」

「でも、私にどうしろっていうの？　あの新人モデルとつき合うなら、気をつけた方が良いってことになるのかしら？」

「そういうつもりはありませんが、そうですね、たとえば、リオンの友人を誰かご存じないですか？　彼の周囲にどんな人間がいるのか、知っておきたいのです」

「いいえ、残念ですけれど、私は一人も知りません。そういう話も彼はしない。友達がいるのかなあ……、それすら、わかりませんね」

「そもそも、どこで彼と知り合ったのですか？」

「ごめんなさい、それはちょっと言えない。でも、人から紹介されたの。この子を撮ってみないかって……」

「それは、いつですか？」

「えっと、今年の初め、だったかな」

「以前も、アルバイトでモデルをしていたことがあったように聞いています」

「ええ、そうみたい。でも、こんなに本格的に売り出したことはなかったでしょうね。今は、売れている。これからブレイクすると思うわ。私の力というよりは、出版社や広告会社のプロジェクトとして、当然そうなったという感じ。でも、ええ、リオンの、いえ、ザーラ・レッシュの素材としてのポテンシャルが、もちろんずば抜けていたから、一目見たときから、これはもしかして凄いことになるんじゃないかって、そう思ったの」

「ザーラ・レッシュという名前は、彼が決めたのですか？」

「いいえ、あれは、プロデューサじゃないかしら。女の名前にしておいた方が良いという判断があったのね。まだまだ保守的な地域が多いから。男だなんてことを前面に出したら、やっぱりまだ抵抗があるでしょう？　でも、これからは、そうじゃない。そういう時代じゃないっていうことも、みんなもう内心気づいているのよ」

　エジー・ノイエンドルフとの会話は、フランス語だった。彼女はフランス語がしゃべれるのだ。だから、リオンとのコミュニケーションも問題ないということになる。僕は、リオンが英語を話すのを聞いたことがない。

三十分ほど、と最初から時間を決めてあった。あっという間に、そのリミットが来た。彼女が時計を見たので、僕は、礼を言って立ち上がった。

「リオンはどこにいるのですか？」最後にそれを尋ねた。

「この近くにアパートを借りているの。会いたい？」

「いえ、飛行機に乗らないといけないので」僕は嘘をついた。

彼女のオフィスを出て、タクシーが拾えそうな大通りまで歩いた。何台かタクシーが並んでいる場所がほどなく見つかった。今夜は、フランクフルトの同じホテルにもう一泊しようと思った。朝に一度チェックアウトしたホテルだ。そのときは、別のホテルを探すつもりだったのだが、少し疲れたのか、面倒になっていた。

飛行機に乗るというのは、最初から考えていた嘘だった。リオンに会う時間がなかったわけではない。しかし、どうしても会うことに抵抗があった。自分は、彼を避けているのかもしれない。つい意識してしまって、会っても気まずい思いをするだけのような、そんな不安があった。特に、パリの病院で彼と会ったあと、それがよくわかった。そもそも、学生のときから、彼とは波長が合わないというのか、どこか親しく溶け込めない。まるで塀に囲まれているような感覚。話していても、ガラス越しのような違和感。その原因が何か、僕にはまだよくわからない。なにか保守的で倫理的な既成概念に僕が囚われているという可能性もあった。それくらいは認識していたけれど、それ以上には深く考えたくなかった。

3

ホテルのすぐ近くの店で一人で食事をした。ドイツへ来たのだからと、ビールを一杯飲んだけれど、あまり美味《うま》くなかった。だいたい、ビールが美味いと思ったことなんかないのだ。

ホテルに戻ったのが、八時過ぎだったと思う。チェックインしたのは、食事のまえで、出かけるときに鍵を預けてあった。フロントでルーム・ナンバを告げると、鍵を手渡され、メッセージが届いていると言われた。それは、ベージュの封筒に入っていた。

心当たりがないので、不思議だと思った。エレベータの方へ歩きながら、封を開ける。住所のようだ。それに店の名らしきものが書かれていた。差出人は、ザーラ・レッシュとあった。もちろん、この名前が最初に目に飛び込んできたことはまちがいない。

ロビィへ引き返し、フロントの係員に、メッセージはいつ来たのか、誰が持ってきたのか、と尋ねたが、私にはわからない、と首をふる。そこで、通りの名を告げて、場所を尋ねると、手近にあった地図にペンでマークして、ここです、と教えてくれた。ホテルの近くのようだった。二ブロックほど離れている。

鍵をまた預けて、そのまま外へ出た。歩きながら、どうして電話ではなかったのか、と思った。

電話もあったのかもしれない。しかし、その場合でも、メッセージには電話番号を書くのではないか。リオンは、僕の携帯電話の番号は知らないはずだ。僕も、彼が電話を持っているのかどうか知らない。

二つめの交差点で、脇道に入った。小さな店が並ぶ賑やかな通りだった。しかし、表通りよりも、多少危なそうな感じはした。でも、この辺りの治安が悪いとはあまり聞かない。時刻も早いので、それほど心配はしていなかった。ただ、奥へ入るほど、たしかに少し怪しそうな店が増えてきた。

この辺りかな、という場所へ来たものの、メッセージにあった名前の店は見当たらない。暗い場所で、照明が当たっている看板とか、文字自体が光っているものとか、そんなものを次々読む。ドイツ語なので、意味がわからないものも多い。

地下へ下りる階段があるビルの前に、黒っぽいスーツの男が立っていた。煙草を吸っている。その赤い光が一度明るくなったあと、こちらを見て近づいてきた。最初は、ドイツ語でなにか言ったが聞き取れない。わからないと首をふると、

「何をお探しですか?」と英語で尋ねた。愛想の良い笑顔のようだが、あまり近づきたくない雰囲気だった。何故かといえば、服装や油で光った髪、まるで酔っ払いのようなふらついた足取りだったからだ。しかし、とりあえず、店の名前を言い、知っているかと尋ねてみた。

「知ってますよ、あそこです。あのビルの手前、そこの奥です。最高ですよ」

何が最高なのか、よくわからないが、礼を言って、そちらへ歩いた。すると、その男がついてくる。ビルの前まで来ても、まだすぐ後ろにいるので、なにか用事かときく。

「私が、案内をします。待っていたんですよ、ムッシュー」

「ザーラ・レッシュに会いにきたんだが」

「ええ、そうです。今夜は、ザーラが踊っていますよ」

「踊っている？　ここで？」

「そうです。最高ですよ。ただ、入るには、ちょっとした条件があるんです。いえ、嫌なら、嫌と言って下さいよ。けっして無理にとは言いません」

その建物を見た。奥へトンネルのように通路が続いているが、暗くてよく見えない。店の入口らしいものも、看板も見当たらない。まともに営業しているとは思えない。

「どこに、その店がある？」

「ですから、秘密の店なんですよ。ほら、この頃、ちょっと取り締まりが煩《うるさ》いもんですから」

そんないかがわしい店なのか、と不思議に思った。男に条件を尋ねると、あっさりと値段を言って手を出した。その金を支払う。男はくるりと背中を向けて、そのビルの奥へ歩きだした。

これは、まずいのではないか、と直感したので、できるだけ彼から離れてついていった。右にドアがある。男はそのドアを三回ノックした。しばらくすると、そのドアが開き、中から光が漏れ出た。

「どうぞ、お楽しみ下さい」男はピエロのように手で促した、悪魔のように笑いながら。中にあるのは、音楽と煙と様々な匂いが飽和した湿った空気だった。黒人の大きな男が案内をしてくれる。店には既に客が六人ほどいた。男も女もいる。小さなテーブルが幾つかあって、それぞれに椅子が二脚ずつ。一番奥の壁際のテーブルへ導かれた。飲みものを尋ねられたので、ビールを頼んだ。ほかに酒の名前を思いつかなかった。それに、ビールだったら、嫌いだから飲み過ぎることがないだろう、と思ったのだ。

片側に舞台があって、そこで女が歌っていた。女の衣装は黒のロング。歌はブルースだった。ビールを持ってきた男は、髪が薄く、髭が濃かった。華奢《きやしや》な男で、赤い蝶ネクタイをしている。チップを渡して、ザーラ・レッシュに会えるのか、と英語で尋ねると、OK、OK、と片目を瞑って頷いた。

歌っている女を眺めていると、歌の途中から、服を脱ぎ始めた。前の席の方で散漫な拍手が起こった。まいったな、と思っていたところへ、すっとどこからともなく、黒いチャイナドレスの女が現れ、僕のすぐ前の椅子に座った。

席を間違えたのだろう、と思った。黒いストレートの髪で、目にかかる前髪が綺麗に揃っている。口紅が真っ赤だった。ただ、逆光で顔はよく見えない。

「なにか、人違いだと思う」と言っておく。ビールだけ飲んだら、店を出ようと考え始めていた。

「レナルド」その女が言った。

舞台のスポットライトが眩しくて、女のアウトラインだけが鮮明だった。僕は、そのライトが彼女に隠れる位置まで、顔を近づけた。女ではない。リオン・シャレットだった。

「君か……、ああ、良かった。こんなところへ呼び出すなんて、どうかしている」

「ごめん。以前、ここで働いていて、顔が利くんだ」

「踊っていると言っていたね、外の男が」

「踊る？　踊ったことはないよ」

「じゃあ、歌？」

「歌ったこともないよ」

「今は？」

「今は、こんなところで働かなくても良くなった」

「それは、良かった」明るい舞台では、ほとんど裸になった女が踊っている。「できれば、もっと、その、静かなところで話がしたいな」

「個室がある」

蝶ネクタイの男が注文を取りにきたとき、部屋を使う、とリオンが告げた。フランス語だった。その男が、僕のグラスを運んでくれた。奥のカウンタの横から細い通路に入り、両側に並んでいるドアを見ながら進んだ。一番奥で、リオンがドアを開ける。彼の指が、照明のスイッチを押した。

冷酷なほど殺風景な部屋だった。窓はなく、蒸し暑い。ベッドが奥の中央にあって、手前の壁際にソファ。その反対側には小さなキャビネットと、時代物といって良いテレビ。ソファの前に低いテーブルがあった。僕のグラスはそこに置かれた。リオンが熱いコーヒーを頼んだのを聞いて、僕もそれが飲みたいと追加の注文をした。そのコーヒーが来るまでは、この街の話をした。どうでも良いような世間話ばかり。どうしてこんな話をしているのだろう、と不思議に感じた。

リオンは、部屋のエアコンのスイッチを入れた。涼しい風が届いて、多少ましになった。

コーヒーカップに口をつけ、その香りで多少正気に戻ったようだった。まず、僕がこちらへ来ていることをどうして知ったのか、と彼に尋ねた。僕がエジー・ノイエンドルフにメールを書いたことを、彼女から聞いた、とリオンは答えた。本当に知合いなのか、彼女は確かめたかったのだろう。

「でも、ホテルは？　どうして泊まっているところがわかった？」これは大いに疑問だった。今朝までは、たしかに局長たちと一緒だった。それでも、知っているのはインターポールの関係者くらいではないか、と思えたからだ。

「簡単だよ。エジーの事務所の前から、あとをつけた」

「誰が？　君が？」

リオンは微笑んで頷いた。

「でも、だったら、ホテルで会えば良かった。部屋に来れば良かったのに」

「そうだね」彼は、また頷いた。けれども、それ以上の理由を話さなかった。どうしてだろう、と僕は考えてしまった。

一つだけ思いついたのは、会うか会わないかを僕に選ばせた、ということだ。それは、ある意味では、礼儀正しい奥床しさだし、また別の意味では、巧妙な作戦だと評価できる。特に、その後者の意味を一度思い浮かべると、たちまちそれは確信となって、既に自分が彼の虜《とりこ》となっていることを思い知らされた。

次に、リオンの仕事の話を聞いた。エジー・ノイエンドルフとの仕事は、今までで一番上手くいっていると彼は話した。それはそうだろう。特に、出版された本は、かなりの部数が売れて、エジーには多額の印税が入ったという。

「君には？」僕は尋ねた。「本が売れているのは、君のおかげだろう？」

「写真の著作権っていうのは、写真を撮った人のものなんだ。僕は、モデルとして契約をしただけで、本の売り上げは関係ない。だけど、もう次の本の企画が上がっているから、今度はもう少し沢山もらえることになるよ」

僕たちは、とても沢山のことを話した。こんなに彼と話したことは、今までなかった。コーヒーはすぐになくなって、そのあと、彼はシャンパンを、僕はウォッカのカクテルを飲んだ。食べるものも、適当に持ってきてもらった。スナックとフルーツだったと思う。

リオンは、楽しそうだった。こんなによく笑う彼を見るのも、このときが初めてだった。いつもと違うのは、彼が、今は黒髪で、女性のドレスを着ていることだった。でも、だからかもしれない。この方がリオンとしては、自然に振る舞えるのか。僕は、リオンと話しているうちに、目の前にいるのが、かつての後輩、ルームメイトだとは思えなくなった。すっかり、そのドレスの女性、つまりザーラ・レッシュが、イメージとしてオーバライトされた。ただそれでも、ザーラと呼ぶことはなかった。やはり、リオンと呼んでいた。

時計を一度見た。十時半だった。まだ、それほど遅いわけでもないか、とそのときは思った。一度トイレへ行くために通路に出た。そのとき、躰がドアにぶつかって大きな音がした。自分でもびっくりした。

「大丈夫？　レナルド」と後ろからリオンが近づいてきて、僕の肩に触れた。

酔ったかもしれない。それよりも、とても眠かった。なんとか、トイレから戻ると、部屋からリオンが出るところで、「電話をかけてくる、ちょっと待っていて」と僕に言った。

僕は、ソファに腰掛けた。何時だろう、と思ったけれど、時計を見ることができなかった。時計は、左手にあるが、その手を持ち上げることが億劫で、どうしてもできなかった。

ドアを閉めた音がした。やがて、目のまえに黒髪のザーラ・レッシュの顔があった。

「どうしたの？　大丈夫、レナルド」

「ああ、ちょっと、酔ったみたいだね」

これまでに、こんなふうになったことはない。たしかに、いつもよりも、多少飲んだ量が多かったか、あるいはペースが早かったかもしれない。

「気分が悪い？」

「いや、大丈夫」

「ちょっと、休んだ方が良いよ」

彼に手伝ってもらい、僕はベッドに移動した。それは冷たくて、気持ちの良いシーツだった。匂いがまったくしなかった。やはり、酔っているようだ。天井の吸音の穴が目に入った。ネクタイを緩めたのは、僕の手ではなかった。

しばらく目を瞑《つぶ》っていたものの、まだ意識はあった。心臓の鼓動が早いように感じた。ずきんと頭や足の先にまで響くように。頬に冷たい手が触れて、僕は目を開けた。

白い顔と赤い口がすぐ近くにあった。

甘い香りの予感。でも、予感だけだ。

黒髪が顔に当たり、
続けて、圧迫されるように、
唇を押される。

胸の上に、乗っている重さ。

呼吸ができなかった。

苦しい。

顔が離れて、ようやく呼吸が戻った。
香りのない、濡れている唇。
ゆっくりと余韻で振動するスプリング。
音はなく、ただ、躰が沈んでいく。
もう目を開けていられなかった。

4

深海へ沈んでいく夢を見た。苦しくて、苦しくて、僕は藻掻いた。躰が痙攣《けいれん》するように飛び起きる。ベッドの上だった。明るい部屋だ。でも、それは擦り切れたような蛍光灯の光。ホテルではない。頭を振った。弾かれるように頭痛がした。それも、ずっと頭の奥の方で。

部屋には誰もいない。蒸し暑く、汗をかいていた。ボタンが外れた自分のシャツ。とにかく、急いで服を着た。自分の服だ。それらは、ソファの背に投げつけられたみたいに掛かっていた。テーブルの上は綺麗に片づいている。なにものっていない。上着のポケットを確認する。財布はあった。パスポートも携帯電話も大丈夫。なにかを取られたわけではなさそうだ。小さな溜息をついた。

ドアへ歩き、ノブを回してみた。鍵はかかっていない。通路に顔を出す。静かだった。物音がする。人の気配。

そちらへ歩いていく。カウンタに人はいなかった。しかし、出口の付近で、掃除をしている男がいた。背の低い、中年の東洋人のようだ。僕に気づいて、びっくりしたような顔をする。少し遅れて頭を下げた。

「えっと、会計はどうすれば良いのかな?」と尋ねる。自分でも変なことをきいているな、と思った。

しかし、相手は首を傾げ、次に片手を顔の前で振った。言葉がわからない、ということだろうか。

僕は彼の横を通って、ステップを上り、ドアを開けた。外の眩しい光が届いていた。通りまで出る。朝だということはわかった。そこでようやく自分の時計を見た。七時半だ。

出てきたところを振り返って眺めた。古いビルで、奥まったところに店の入口がある。しかし、看板のようなものはどこにも見当たらない。それは昨夜も同じだった。

外の方が涼しく、気持ちが良かった。そのままホテルまで歩いた。道路は沢山の車で渋滞している。朝のラッシュだ。まだ頭痛が残っていたけれど、歩いているうちに多少はましになっていた。

何があったのか、と考えられるようになったのは、ホテルの部屋に入って、バスルームで顔を洗ったあとだった。少しずつ、昨夜のことを思い出していた。

喉が喝いていたので、冷蔵庫にあったミネラルウォータを飲んだ。ところが、二口くらい飲んだら、急に気分が悪くなって、バスルームで吐いた。シャワーを浴びるつもりだったのに、立っているのも辛《つら》くなって、タオルを持ったままベッドへ倒れ込んだ。

そこへ、電話がかかってきた。携帯電話だった。なんとか起き上がり、ソファの上着のポケットから電話を取り出した。

「もしもし、テモアンです」軽快な声だった。

「ああ、どうも、おはようございます」努めて普通に答える。

「朝からすみませんね。たった今、入ったニュースをお知らせしようと思いましてね。私も、電話で起こされたんですよ」

「どんなニュースですか?」

「エジー・ノイエンドルフが殺されました」

「え?」

「エジー・ノイエンドルフですよ。ほら、例のドイツの写真家の」

「まさか、いつ?」

「昨夜だそうです。昨夜遅く、警察に通報があって、死亡が確認されたのは、十一時頃だと言っていましたね」

「本当ですか？」

「まだ、第一報しか入っていないみたいで、詳しいことはわかりません。殺されたというだけです。どんなふうに殺されたのかは、わかりません」

「事件は、どこであったんですか？」

「えっと、ちょっと待って下さい。ああ、ダルムシュタットっていうところです。フランクフルトですね、ほとんど」

「そうですか。わかりました。ちょっと、調べてみます」

「まだ、こちらでは、ニュースにもなっていませんよ。私も、なにかわかったら、またご連絡します」

電話が切れた。

どうしたら良いだろう、と考えた。しかし、十時には空港へ行く予定だった。今日中にリヨンのオフィスに戻るつもりだったからだ。ここに自分が留まっても、具体的にできることはない。

できることがない？

リオンと会うべきではないか。彼は今どこにいるだろう？

連絡のしようがない。そうだ、あの店に電話をしてみよう。そう思って上着のポケットを探った。昨日のメッセージに店の住所と名が書かれていた。ところが、その封筒も、便せんも見つからなかった。全部のポケットを探したがなかった。

ドイツ語だったので、正確に覚えていない。なんとなく、こんな響きだったとしか記憶していなかった。でも、もちろん、行けばどこかわかる。

急いで、部屋を出て、ロビィに鍵も預けず、外へ飛び出した。朝、戻って来た道をまた歩く。あっという間に、その建物の前まで来た。奥へ入り、ドアをノックする。誰も出ないので、ノブを回してみたが、施錠されているのがわかった。もう一度ノックをして待ったが反応がない。しばらく、そこで待った。誰か人が来ないか、と思ったからだ。しかし、無駄だった。そもそも、他のドアも開きそうにない。使われている様子がない。錆びていたり、ガラスにひびが入っていたり。ゴミさえ出ていない。

二階へ上がってみようと考えたが、階段の途中にチェーンがかけられていた。この建物自体が、廃墟のように見えてきた。道路へ戻り、斜め向かいにあった店に入った。まだ準備中のようだが、人がいるのが見えたからだ。棚にアクセサリィが並んでいた。女性の店員に挨拶をして英語で質問をしたが、言葉が通じない。彼女はちょっと待ってくれというジェスチャをして、奥へ声をかけた。若い女が出てきた。事情をドイツ語で説明している。

「何でしょうか?」と若い女が英語できいた。

「向かいのあのビルですが」僕は指をさした。ガラス越しに見える。「あそこで、夜にやっている店のことを知りたいのです」

「店？　どんな店ですか？」

「ショーをしていて、えっと、酒が飲める店です」

「ああ、それなら、だいぶまえに閉店しましたよ。今はありません。あの建物自体が、もうすぐ取り壊しになるので、みんな移転したのです」

「その店は、どこへ移ったのですか？」

若い女は、年配のもう一人に、ドイツ語で相談をした。それから、こちらを向いて、わからない、と首をふった。

「どうもありがとう」頭を下げて、店を出た。

どういうことだろう。昨夜は確かにやっていた。昨夜だけ営業していたということだろうか。それとも、夜にはああして秘密で商売をしているのだろうか。朝には掃除をしていたのだ。

ホテルへ戻りながら、途中の売店で新聞を買った。しかし、殺人事件のニュースらしいものはなかった。

もう一度、エジー・ノイエンドルフのオフィスへ行くことも考えた。空港へ行くまえにタクシーに寄ってもらえば良い。誰かスタッフがいれば、ザーラ・レッシュの連絡先を聞き出すことができるのではないか。

しかし、警察がいるだろう。面倒なことに巻き込まれると、飛行機に間に合わなくなる。

結局、ホテルの部屋に留まり、ベッドに横になって、テレビのチャンネルをリモコンで切り換えていた。ニュースにはまったく現れない。体調はだんだんよくなってきた。空腹を感じたので、ラウンジへ下りて、コーヒーとサンドイッチを注文した。テモアンからも、その後電話はない。

部屋に戻って、またテレビを見た。関係のないニュースばかりだった。支度をして、ロビィに下り、チェックアウトをする。タクシーを呼んでもらった。

空港に到着したのが十時。まっすぐ航空会社のカウンタへ向かった。電話で既に予約は入れてあったので、あとはチケットを買うだけだ。カウンタの女性が微笑んでこちらを見たが、あと数メートルというときに、横から男が近づいてきた。ぶつかるといけないので立ち止まって、やり過ごそうとしたのだが、彼も立ち止まった。ビジネスマン風で、僕と同じ歳くらいの大男だった。

「レナルド・アンペールさんですね？」

「貴方は？」

「警察の者です」彼はポケットからカードを取り出して見せた。「お話を伺いたいのですが、よろしいですか？」

「エジー・ノイエンドルフの事件ですか？」

「そうです」彼は頷いたが、少し驚いた顔になった。「どうして、ご存じなのですか？」

「フランスから電話があって、今朝知りました。今から、飛行機で戻ろうとしていたのですが……、どうしたら良いですか？」

「その飛行機をキャンセルしていただけますか」

「そうですか、わかりました。そのかわり、現場へ案内してもらえませんか」

「現場へ？　どうしてです？」

「見てみたいからです。どんなふうなのか。捜査の参考になることがあるかもしれません」

「わかりました」

　カウンタでキャンセルをしている間、男は電話をかけていた。

　彼のほかに、もう一人、警官がいた。こちらも私服だ。ドイツ人には見えなかった。どちらかというと、アラブ系の顔だ。駐車場へ行き、その男が運転をし、話しかけてきた大男と僕が、後部座席に乗った。

　車の中では、特になにも話さなかった。電話をかける許可を得て、リヨンのオフィスに連絡をした。ちょっとしたトラブルに巻き込まれて、今日は戻れそうにない。自分の身になにかあったわけではないから、心配しないように、と伝えた。

　エジー・ノイエンドルフのオフィスの前で、車から降りた。明らかに警察のものと思われる車が四台。そのほかにも、十台以上が前の道に連なって駐車されていた。警官が歩道に何人か立っている。見物人は少し離れたところにいて、そちらにも警官がいた。大きなレンズのカメラを構えている者も多い。夕方にはニュースになるのだろう。

　オフィスの入口で、主任刑事を紹介された。ブルッホという名だった。グレィの髪の五十代、もしかしたら六十代かもしれない。顔は皺が目立ち、目は垂れ下がっている。痩せたブルドッグのようだった。

現場を見せてもらった。スタジオではなく、その奥の部屋だ。ベッドがあった。セミダブルだろうか、クイーンサイズというのか、かなり大きい。しかも、四方に白い柱があって、人の背丈ほどの高さに屋根のようなフレームがある。実際には骨組みだけで、天井が見えているが、柱と柱の間にカーテンを引くことができる仕組みだった。

「ノイエンドルフは、ここに住んでいたのですか?」僕は質問した。

「いいえ、自宅は別にあります。でも、ここで寝ることも多かったということです。あの、アンペールさん、まずは、こちらから質問をさせていただきたいのです」ブルッホは流暢《りゅうちょう》な英語で言った。

「ええ、もちろんです。協力は惜しみません」

「昨日のことをお話しいただけませんか」

当然尋ねられるだろうと考えていたので、僕は簡単に説明をした。このオフィスへ来て、生きたノイエンドルフと会った。三十分話をして、タクシーでホテルへ帰った。

「何のために、ここへ?」

「そのまえに、どうして僕がここへ来たことを警察は知ったのですか? スケジュール表にあったのですか?」

「秘書が証言したからです」

「ああ、若い女性がいましたね」コーヒーを持ってきた彼女のことらしい。「では、僕がインターポールの職員で、一昨日まで開催されていた国際警察会議に出席するためにこちらへ来ていたことも、ご存じなのですね?」

「本当ですか?」ブルッホは目を見開いた。わかりやすい男だなと思った。しかし、わざと馬鹿な振りをしているのかもしれない。この年齢の刑事がそんなに単純とは思えないからだ。僕は、身分証明書とパスポートを見せた。

「そうだったんですか。では、ここへいらっしゃったのは、なにか、その、事件の捜査で?」

「ええ、まあ、そうです。フランスとイタリアであった事件なんですが……」そう答えたものの、半分は嘘である。正式な仕事ではないからだ。ただ、今となっては本当になってしまったかもしれない。

「あの、よろしければ、三つだけ質問させてもらえませんか?」僕は丁寧に尋ねた。

「三つといわず、いくらでもどうぞ」ブルッホは、愛想良く頷いた。インターポールと聞いてから、少し態度が変わったようだった。

「まず、どんなふうに殺されたのですか?」

「首を絞められていました。電気のコードで」ブルッホは両手を握って、その動作を演じてみせた。

「部屋には、ほかに誰かいましたか?」

「いえ、オフィスにも、こちらにも、それにスタジオにも、誰もいない。彼女一人だったようです。でも、秘書が忘れ物を取りに戻って来て、中に入って見つけたんです」

「鍵は開いていたのですか?」

「玄関の鍵は、開いていたと話しています。えっと、今のが三つめでしたか?」

「ありがとうございます」

「なにか、わかりました?」

「いえ、なにもわかりません。フランスとイタリアの事件とは、無関係かもしれません」

「その二つの事件について、教えてもらえませんか?」

「では、ちょっと、向こうへ行きましょう」僕は、スタジオの方へ歩いた。寝室には、大勢の捜査員がいたからだ。スタジオにも、二人警官がいたが、ブルッホがドイツ語でなにか話すと、二人とも出ていった。気を利かせて人払いしてくれたようだ。

僕は、概略を説明した。フランスの事件というのは、女優イザベル・モントロンの事件、そしてイタリアの事件とは、ミラノの音楽家、ジャンニ・ピッコの事件だ。公にされていないが、どちらの殺人現場にも一人の青年がいた。手を縛られて、彼が首を絞めたのではないことは確かだが、なんらかの関係があったものと見られる。そして、その青年は、今ドイツで人気が出始めているモデルのザーラ・レッシュと同一人物だ、と。

「本当ですか?」ブルッホは口をしばらく開けていた。それから、唇を嘗《な》める。「ザーラ・レッシュってのは、では、男だったんですね。私は、絶対に女だって、ええ、娘に言ってやったんですが……、いや、そんなことよりも、そのモデルは、このスタジオに出入りをしていたはずだ。今回は、ええ、ここにはいなかった。それは確かです。でも、殺され方は同じですね。では、ザーラ・レッシュがやった可能性が?」

「いえ、今回も、彼は犯人ではありません」

「どうして、そんなことが言えるんです?」

「昨夜、彼は、僕と一緒だったんです」

「どこで?」

「ホテルのすぐ近くでした。呼び出されて、変な店に入って……。でも、今朝、その店にもう一度行ってみたら、扉が閉まっていて、近所の人から、その店はだいぶまえに移転したと聞きました」

「朝から、ザーラ・レッシュを探しているんですよ。秘書に連絡先を聞いて、電話もかけたし、アパートへも人を行かせましたが、不在です。まだ見つからない。もうすぐ、ニュースで報道されますから、出てくるでしょうけれど」

「被害者の写真を、インターポールへ送って下さい。特に、首が写っている写真を。パリとミラノへ転送しますから」

「わかりました。しかし、私は、ジャンニ・ピッコは、マフィアに殺《や》られたんだと思っていましたよ。ええ、フランスの女優の方は、よく知りませんが」

その噂はたしかにあった。ピッコが、マフィアの大物と幼馴染みで、親しかったというものだ。真偽はわからない。実際にミラノの事件では、ガラスの割り方などが、プロの手口のように観察された。しかし、今のところ有力な容疑者などの名は伝えられてこない。

エジー・ノイエンドルフは、ベッドで裸に近い状態で死んでいたそうだ。性交の跡はなく、また、他者のものと思われる新しく、明らかな遺留物も見つかっていない。唯一の顕著な例外が、彼女の首に加えられた暴力だった。調査中だが、今のところ強盗や物取りではなさそうだった。被害者の財布がバッグに入っていて、かなりの現金があったが、手がつけられていない。引出しも開いていない。まったく乱れたところはなかった。それは、寝室以外の部屋でも同じだ。照明は灯っていたというが、争ったような形跡はどこにも見られなかった。見知らぬ者が近づいたとは考えにくい。

「ノイエンドルフには、その連続殺人の話をしたのですか?」ブルッホがきいた。

「概略は話しました。リオン、いえ、ザーラ・レッシュが犯人ではなくても、彼に関係のある人間である可能性があると」

「それで?」

「いえ、友人なんか見たことがない、と彼女は言いました。なにも知らないと」

結局、そのまま現場で捜査につき合い、その後、警察の車でブルッホと夕食を食べに近くへ出た。ファストフードで、ハンバーガとコーヒーだった。再び戻ってきたときには、日が暮れていたが、オフィスの周囲の野次馬の数はむしろ増えている。エンジンを止めた車の中で少し話をした。テレビのニュースをブルッホは見ていたが、ドイツ語なので、僕にはほとんどわからなかった。

「結局、殺した奴は、何を得たと思います？」ブルッホは言った。煙草を吸うために、ウィンドウを全開にしていたので、外の生暖かい空気が車内に侵入してきた。

「わかりません。それは、まえの二つの事件でも同じです。なにも取られていない。少なくとも金銭的な目的とは思えない」

「そうなると、愛情と憎悪の絡みになる」ブルッホはそう言った。こちらが黙っていると、顔を近づけてきいた。「今の、通じました？　拗《こじ》れたっていう意味ですが」

「ええ、わかりますよ。嫉妬とかね」

「そうそう。それです。しかも、見かけは親しい。被害者にしてみれば、憎まれているとは気づいていない。むしろ愛されていると思って、油断していた。そんな感じです」

「死に方で、そこまでわかるんですか？」

「死に方ではわかりませんが、あの場所とか、周囲の雰囲気ですよ。貴方に会ったあと、彼女、誰にも会っていません。スケジュールは入っていなかった。秘書は、買い物を言いつけられて出ていきました。買ったものは明日で良いから、今日はオフィスに戻らなくても良い、と言われたそうです。でも、忘れ物をしたことに気づき、戻ってきたら、死んでいたというわけです」

「彼女は、誰かをここで待っていたわけですね」

「まあ、そうですね。オフィスではなく、ベッドで待つような関係です。アンペールさんは、彼女の落ち着かない様子とか、なにかお気づきになりませんでしたか？」

「いいえ、全然」僕は首をふった。「僕は警官ではありません。そういう見分けはつきませんよ」

「いや、刑事にだってわかりませんよ。そうですか。ザーラ・レッシュが、その後、オフィスに来たのかもしれない」

「実は、それもないと思います。彼は、僕をつけてホテルまで来ているんです。表の道でタクシーに乗りましたから、彼もそこでタクシーに乗って後を追ったわけです」

「どうして、貴方をつけたんです？」

「ホテルがどこか知りたかったのでしょう」

「よくわかりませんね」

「僕も、よくわかりませんが、それで、ホテルのフロントにメッセージを残して、帰ったのです。それから、僕は食事に出ていましたから、その時間ならば、彼はここへ戻って来たかもしれません。でも、八時過ぎに、メッセージにあった店へ行って、そこですぐ彼に会いました。殺された時刻は何時頃と推定されているのですか？」

「見つかって、警察官が来たとき、まだ僅かに体温があった。殺されたのは、おそらく十時から十一時の間ですね」

「では、やはり、ザーラ・レッシュには犯行は不可能です。僕が証言できます」

「彼女、いえ、彼ですか……、どうしてザーラは、貴方と会われたのですか？　呼び出されたのは何故です？　プライベートなことですか？」

「ああ、ええ、僕と彼は、同じ大学の出身で、知合いです。でも、それほど会うことはないし、親しい関係でもありません。パリの事件のあと一度だけ会って、それ以来でした。どうして、呼び出されたのか、たしかに、今考えると不思議ですね」

「それは、なにかちょっと、ありそうですね」

「何がですか？」

ブルッホは僕の質問には答えず、窓を向いて、煙を外へ吐き出した。

5

幸い、あっさりと解放され、僕は次の日の昼にはオフィスに戻ることができた。デスクの上に溜まったノルマをとりあえず片づけた。部長がやってきて、何があったのか、と尋ねられたので、ドイツの写真家殺しの事件について説明をした。こちらではまったく報道されていないが、そのうちデータが来る。モントロン事件と関連があるかもしれない、とつけ加えておいた。ああ、あれか……、というのが部長の感想だった。

その夕方には、フランクフルトから写真が送られてきた。現場で撮影した被害者のもの数枚だった。長く見られるものではない。しかし、最初の一枚で、僕は目を見張った。しばらく息を止めてそれを見据えてしまった。殺されたエジー・ノイエンドルフは、頭に月桂冠をつけていたのだ。

すぐに、ブルッホに電話をかけた。

「写真を見て、びっくりしました。被害者が月桂冠を被っているじゃないですか」

「ああ、あれですね……、月桂冠というのですか。なにかのまじないか、それとも美容かダイエットに効果のある薬草の類かと思いましたが」

「ミラノのときに、リオンが月桂冠を被っていたんです」

「へえ……。あれは、そう、秘書にはきいてあるのですが、全然心当たりはないそうです。オフィスで見たことはないと。もっとも、あの秘書は、寝室に一度も入ったことがない、ボスのプライベートはまったく知らないと言っています。まだ、ノイエンドルフの秘書になって、一カ月くらいなんですよ」

「まえの秘書はどうしたんです?」

「まえは、男だったそうですが、辞めたみたいですね。そちらも、現在当たっています。家業を継ぐために、故郷に帰って結婚したんだとか、そんな話をしていたそうですが」

「とりあえず、ミラノの警察に連絡を取って下さい。えっと、ランディという人が担当です。あ、こちらからも電話をしておきます。その月桂冠について、比較をした方が良いでしょう」

「了解です。そんなに大事なものだとは思いませんでしたよ」

すぐに、ミラノ市警に電話をした。ピッコ事件の担当者をお願いしたいと話すと、すぐにランディが出た。ドイツの事件のことと、月桂冠で照合の問い合わせがあるはずだ、と伝えた。

その電話のあと、パリ市警に電話をかけた。モントロンの事件の担当者を、とお願いしたが、まえの担当は退職して、新しい担当は今不在だと言われた。その新しい人物が出かけているということなのか、それとも、まだ担当者が決まっていないという意味なのか、わからなかった。

リールのテモアン刑事に電話をかけた。

「どうもどうも」機嫌の良さそうな返事だった。「なにか、情報が?」

フランクフルトの現場の捜査を見てきたこと。前日の夜に、リオンに会ったこと。それから、月桂冠を被っている被害者の写真がさきほど届いて、フランクフルトとミラノと電話で話をしたことなどを伝えた。

「どうして、現場へ?」テモアンの質問は的を射ている。

僕は、エジー・ノイエンドルフと会って、三十分ほど話をしたことを説明した。

「凄いな、そいつは……」テモアンはそう言って、そのあと、息が漏れる音まで聞こえた。「なるほど、それで、シャレットにも会えたわけですか」

少し違うようにも思ったが、詳しい説明は面倒だったので黙っていた。

「そういえば、さっき、パリ市警に電話をかけたのですが、担当の人が替わったみたいでしたが」

「そうそう、まえのあの爺さんは定年退職ですよ。もう、ほとんど捜査はしていませんね。新しい情報が入ったら、ファイルに挟んで、キャビネットに戻すだけです」

「リールでも、そうですか？」

「ええ、人のことは言えませんね。なにしろ、もう三年にもなる。時間があれば、証拠品をもう一度調べ直しているんですが、駄目ですね。決め手もなければ、見通しも立たない。ああ、でも、フレデリク・シャレットが殺されたモーテルで、金髪が採取されていたんですよ。それのＤＮＡ鑑定を最近しました。これをするのにだって正規のルートだと、金もかかるし、書類も許可も必要になるんです。まあ、そこをちょっと無理を聞いてもらって、やったんですけどね。それで、思ったとおりの結果は出ましたけど」

「どんな結果だったんですか？」

「リオン・シャレットの髪でした。パリにデータがあるんで、照合もしました。まちがいありません」

「では、そのモーテルに、リオンが来たということですか？」

「私はそう考えますね。金髪の美人が目撃されているし、たぶん、奴だったのだと思いますよ。でもね、検事と相談したんですが、全然証拠としては不足だって言われました」

「ああ、つまり、リオンは、被害者の養子ですからね。ほかのところで会っている可能性があるわけですか」

「そうです。屋敷で会ったかもしれない。大学へフレデリクが訪ねたかもしれない。そのジャケットを着ているときに抱きついたかもしれない。だから、髪の毛があったというだけでは、立証は無理だって言われました」

「まあ、そうでしょうね」僕は、そこで別の質問を思いついた。「ところで、リールの事件では、現場に月桂冠はなかったのですね?」

「ありません。それは、パリでもなかったはずです」

「どうも、ひっかかるんですよ、どんな意味があるのかって」

「それは、リオン・シャレットにきくしかないでしょう。まあ、たぶん、そういう、なんていうんです、ローマというのか、ギリシャというのか、その手の古風なファッションが好みだっていう人間もいるんじゃないですか」

「リオンの義理のお姉さんは、どうされているのですか?」

「カトリーヌ・シャレットですか。今では、シャレット家の主です。なにもしちゃあいませんね。パーティをときどき開いているようです。金は有り余っていますからね。結婚もしていない。結婚したら、半分持っていかれてしまう」

「一度会いたいですね」

「どうして？」

「いえ、なんとなくです。あと、えっと、リオンの本当の母親にも会ってみたい」

「オルガ・ブロンデルは、会っても駄目ですね。話はできません。私は二回、病院へ行きました。なかなかの美人ですよ。でも、もう心が死んでいる。だから、若いままなのかもしれない」

このとき話したことが切っ掛けで、僕は、二週間後の週末にリールへ行くことになった。平日ではないので、ミシェルに理由を説明しなければならなかったが、リオンの母親に会いにいくとは言いにくかったので、大学で同窓の友人と会うのだと嘘をついた。リオンと僕の大学はパリ市内だ。僕が住んでいるリヨンからは同じ方角になるけれど、パリとリールはかなり離れている。

駅までテモアン刑事が車で迎えにきてくれた。向かうのはベルギーだ。ブリュッセルに近い郊外に、オルガ・ブロンデルが入院している病院がある。何故、フランス人の彼女がベルギーの病院にいるのかといえば、当然ながら、フレデリク・シャレットが身元引受け人になっていたからだ。ワーテルローに向かう道路の途中で、林の中に入り、その先に塀で囲まれた立派な建物が見えてきた。貴族の屋敷のような古い造りのもので、まさかそこが精神病院だとは普通は思わないだろう。

あらかじめ、テモアンが段取りをつけておいてくれたらしく、真っ直ぐに、彼女がいる部屋まで案内された。まったく普通の応接間といった部屋だった。ただ、家具はなく、壁には絵の一つも掛かっていなかった。

付添いの係員はブルーの制服の男で、大きな黒縁の眼鏡に、白いマスクをしていた。オルガ・ブロンデルはソファに座っていて、ピンクのワンピースから細く白い腕や脚が垂れ下がるように伸びていた。化粧をしているようだった。僕を見たが、表情は変わらない。微笑んでもいなければ、機嫌が悪いという顔でもない。ようするに、感情というものがない、無表情だった。

三十代の女性に見えた。少し痩せすぎているが、健康そうではある。目の色は、リオンよりも薄い。髪はほぼ同じだが、リオンほどカールしていない。話しかけてみたが、まったく反応しなかった。もう言葉を発することはなく、ただ、唸ったりするだけだという。危険なことはなく、大人しい、と係員は話した。

「どんな治療をしているのですか?」

「治療というよりも、検査をしているだけですね」

その係員が、写真を何枚か見せてくれた。薄いアルバムに入っている三十枚ほどの写真だった。それは、リールで殺されたフレデリク・シャレットが、死んだときに持っていたものだ、とテモアンが説明した。

写っているのは、黄色いライトを浴びたオルガ・ブロンデルだった。舞台のようだ。演劇だろうか。ダンサと聞いていたが、そういったショーにも出ていたようだ。踊っているような写真は一枚しかなかった。それだけは、手足を伸ばし、たしかにバレリーナに近いポーズを取っている。白い短いスカート、膝から下には白い紐を巻き付けているようだ。頭にも白い飾りものがあった。

「たぶん、十年以上まえの写真ですね」テモアンが横から言った。

「彼女は、今、いくつですか？」僕は尋ねた。

「はっきりとは、わかりませんが、たぶん、四十歳前後です」

では、リオンを産んだのは十代ということか。

写真を全部見終えたあと、もう一度、踊っている一枚を見たくなり、ページを戻した。そこには、今目の前にいる女性にはない笑顔があった。それだけで、まったく違った人間に見えるし、またとても清らかに感じられた。

そのとき、僕は、彼女の頭の飾りものに気づいた。写真を近づけてピントを合わせようとしたが、そもそも写真のピントが合っていないので、鮮明にはならない。色は白いが、それが月桂冠のように見えたからだった。

「この頭の飾り物は、何でしょう？」僕は写真を指で示して、テモアンにきいた。

彼は、アルバムを受け取り、眼鏡を上げて、それを凝視した。

「ああ、なるほど、これは気づきませんでした。引き伸ばしてみましょうか」

「その衣装は、妖精か神様のようですね」

ほかの写真も確認してみたが、冠をつけているオルガは、その一枚だけだった。係員にも見てもらったが、彼女の持ち物の中にそんなものはない、と答えた。彼女の所有物は病院にはほとんどないそうだ。

　オルガの治療費は、すべてシャレット家が支払っている。フレデリク・シャレットが、彼女とつき合いがあったために、そうなったわけだが、今の主は、娘のカトリーヌである。病院を辞去し、駐車場の車に乗り込んだとき、テモアンは、

「シャレット家を見たいでしょう?」と言った。

「近くですか?」

「ええ、是非」

6

　ほぼ西へ三十分ほど走っただろうか。シャレットの屋敷は、国道から私道に逸れ、森の中に建っていた。鉄の柵があったが、ゲートは開いていた。石畳のロータリィの中心には、ライオンのような動物の石像があった。呼び鈴のスイッチを押し、テモアンは手を後ろへ回して、こちらを振り返った。どうやら、ここへ訪ねることも段取りができていたようだ。それならば、教えてくれれば良さそうなものだ、と思った。

老人が玄関に現れ、僕たちを中へ案内した。ホールの奥には、白い手摺りの階段が見えた。絨《じゅう》毯《たん》は年代物だ。通された部屋には、彫刻の裸体像が二体、観葉植物に挟まれて窓際に並んでいた。真っ赤なモダンなソファに座って待っていると、カトリーヌ・シャレットが現れた。四十代の女性で、白いブラウスに黒の長いスカートだった。髪は黒く、首にはパールのネックレス。握手をした細い手にも、大きな石の指輪があった。

「お久し振りですね、刑事さん、えっと……」

「テモアンです」

「テモアン警部でしたね。事件の進展は？」

「いえ、残念ながら、これといってご報告できるような進展はありません。今日、お連れしたのは、リオン・シャレットの友人で、インターポールのアンペールさんです」

「レナルド・アンペールといいます。リオンと同じ大学でした」

「レナルドね、ああ、名前を聞いたことがあるわ」

「リオンからですか？」

「そうよ、あの、もしかして、寮で同室だった？」

「そのとおりです」

「まあ、なんてこと、それじゃあ、ご本人なのね」

「リオンが、僕のことを話したのですか？」

「ええ、そうです。あまり学校のことを話さない子でしたけれど、貴方のことはいろいろと話してくれたわ。とても、優秀で、勉強も教えてもらえるって」

「勉強を教える？　そんなことがあったかな……」

まったく記憶になかった。部屋で本を読んでいる彼を見たことはあるが、たとえば、レポートを書いているのは見たことがない。彼はだいたいは図書館で勉強をしていた。勉強のことで質問されたり相談されたこともなかった。

「それから、ああ、そうそう、フィアンセがいるって」

「ああ、ええ、そうでした」

「その方とは、結婚なさったの？　あ、いえ、こんなことききいちゃいけなかったかしら」

「いえ、今の妻がそうです」

「真面目な方なのね」

ノックがあって、さきほどの老人がトレィを持って入ってきた。サイドテーブルで、ポットからカップに紅茶を注ぎ入れ、テーブルにカップを置いていく。その間、三人は黙っていた。頭を軽く下げて老人が出ていったところで、テモアンが、オルガ・ブロンデルに会いに病院へ行ってきたあとだ、と説明をした。

「私も、ときどき見舞いにいきます。でも、可哀相に、ずっとあのまま。せめて、なにかしゃべってくれたら……」

「彼女が、その、まだ普通だった頃をご存じなのですか?」僕は尋ねた。

「いいえ」カトリーヌは首をふる。「私は知りません。私が彼女のことを知ったときには、もうあの病院にいたんです。父が秘密にしていたので。まあ、私に叱られると思っていたのね」

「どういうことですか?」

「私の母は、私が十三のときに亡くなりました。それからは、私が、母の代わりをしなければならなかったの。父はなにもできない人でしたから。とにかく、以来、父が亡くなるまでの二十七年間、私が彼の面倒を見てきました。結婚なんて、とてもできなかったわ。父も、私には頭が上がらなかったと思います。他所《よそ》に女を作ったり、隠れてこそこそしていたんでしょうけれど、私には言えなかった。家に連れてくるなんてことも、もちろんできません。私が許さないと勝手に思っていたんでしょう」

「女性を連れてきたら、お許しになりましたか?」

「ええ、再婚してくれたらって、思っていましたわ。そうしたら、私もこの古い家を出て、もっと新しい生活ができたのに」

しかし、再婚したら、カトリーヌへの遺産は目減りすることになったかもしれない。そう考えたが、シャレット家の資産が具体的にどれくらいなのか僕は知らない。あとで、テモアンにきいてみよう、と思った。

「最初に連れてきたのは、リオンの方です。十五くらいだったかしら。養子にするって……。そのあと、母親が病院にいることを聞いたんです。私はなにも言いませんでした。父の好きにしたら良いって、そう思ったわ。この家は、父のものだったのですから」

実際には、リオンに対しては、フレデリク・シャレットは僅かしか遺さなかった。ほとんどをカトリーヌ一人が相続している。おそらく、養子にするときに、その条件を話した上で承諾してもらったのではないか、と僕は想像した。リオンには、大学を卒業するまでの学費、そして彼の母には治療費が、遺産から支出されているだけである。

「弟ができたわけですね」僕は、リオンの印象を彼女から聞きたかった。「その頃の彼は、どうでしたか?」

「弟だなんて思ったことはないわ。歳が離れ過ぎていますもの。どちらかといえば、息子です。私の子供だと思いました。それはもう、なんていうのか、とても綺麗な可愛らしい子でしたよ。初めて見たときには、妖精が立っているのかと思ったくらい。ぞっとしましたよ」

ぞっとしたという表現は、よくわかった。僕も同じだったからだ。多くの人が、彼を見たとき抱く印象だろう。

綺麗で、この世のものとは思えない。

そして、怖い。

「病院で、オルガ・ブロンデルの写真を見せてもらいました」

「ええ、あれは、父が死んだときに持っていたものです。オルガに見てもらって、なにか思い出してくれたら、と思いましたので、あそこに置いてあるんですよ」

　そうか、オルガとカトリーヌは、同じ年代なのだ、どちらが上なのだろう、と僕は思った。

「舞台で踊っている写真がありましたね。頭に、冠のようなものを被っているんです。覚えていらっしゃいますか?」

「ええ、あれは、サロメだと思います」

「サロメ?」

「ちょっと、お待ちになってね。父が持っていた別の写真があります」

　そう言い残し、カトリーヌは部屋から出ていった。

「オルガとカトリーヌは、どちらが歳上になるんですか?」僕はテモアンに尋ねた。

「同じくらいですね。オルガの年齢がはっきりとわかりませんので」

「フレデリク・シャレットは、どれくらいの資産を遺したのですか?」

「ベルギーフランで、百六十億です」

「それは、ユーロではいくらです?」

「さあ……。この頃、わけがわかりませんよ。とにかく、私たちには、まったく縁のない金額です」

「全部、彼女が相続したのですね。寄付などは?」

「大きなものはなかったと聞いています。彼女は、結婚もせず、父親の世話をした甲斐がありましたね」

「そんなに金持ちならば、義理とはいえ唯一の身内なんですから、もう少し仕送りをしても良さそうなものですが」

「しているんじゃないですか」

そうだろうか。金があるならば、リオンはあんな仕事をしなくても良いはずだ、と僕は感じた。

「そういえば、ミラノの事件のあと、彼女がリオンに会いにいきましたね。そのとき、ホテルで言い争いをしていたという証言がありました」

「はい、それはこちらも確認しました。彼女が言うには、リオンが金を受け取らないので、ちょっとカッとなったということです。心配してイタリアまで来てやったのに、ということだったようですよ。たしかに、姉と弟というよりは、母と息子ですね」

十五分ほど待たされた。紅茶もなくなり、テモアンとは、事件とはあまり関係のない話をしていた。彼は、子供が四人もいるという。そんなプライベートな話だった。ずっとリールに住んでいるらしい。

足音が聞こえ、カトリーヌが戻ってきた。大きな本のようなものを抱えていた。テーブルにそれを広げる。アルバムだった。

「父の書斎にあったものです。これは、父が撮ったのではありませんね。こんなに写真が上手ではなかったの」

白黒写真で、明らかにプロの写真家がスタジオで撮影したオルガ・ブロンデルだった。パンフレットか、それとも売り出すためのプロモートか、そんなものに使うために撮影された写真のようだ。白黒なのは、印刷に用いるためだったのだろう。古い写真で、修整されているとはいえ、それは本当に美しい若い女性だった。

「これが、サロメだと思います」カトリーヌはページを捲って、指をさした。

引き伸ばされて、少し大きなサイズになっている。これはカラーだった。多少変色しているものの、非常に鮮明だ。頭に、草の冠をつけている。

「これのことでしょう？　オリーブじゃないかしら」

「月桂冠ですね」テモアンが言った。

「どんな意味があるの？」カトリーヌは視線を上げて、テモアンを見た。

「いえ、ローマ時代に、カエサルが被ったとか聞きますね。王冠を被ると、王族だと思われて印象が悪いからだったようです」

「どうして印象が悪いの？」

「さあ、私はローマ人ではないので、わかりませんが」

「スポーツの勝者が被るものでは？」僕が知っているのは、その程度だった。

「この月桂冠で、なにか思い出すことはありませんか？」テモアンは尋ねた。「お父様のことで、あるいは、リオンのことで」

「そうね……。うーん、そんなもの見たことがないし、気にしたこともありません。でも、そう、これを被っている、リオンの写真が、どこかにあったわ」

「本当ですか?」

「えっと、どこにあるかしら、また探しにいかなくちゃ」

「いえ、今でなくてもけっこうです」テモアンは片手を広げた。「見つかったら、お知らせ下さい。それは、いつの写真でしたか?」

「えっと、ハイスクールのとき? たぶん、そうだと思います。なにかの劇をやったんですよ。学校かクラブでね。それを父が撮ったのだと思います」

のちに判明することだが、この写真は結局発見されなかった。アルバムから剝がされていたのだ。カトリーヌが言うには、リオン本人が持っていったのではないか、ということだった。

第3章

背信

Chapter 3: Apostasy

なんて痩せているのだらう！ほつそりした象牙の人形みたい。まるで銀の像のやう。きつと純潔なのだよ、月のやうに。その銀の光の矢さながら。あの男の肉は、きつと冷たいにちがひない、象牙のやうに……あたしはあの男をもつと近くで見たい。

1

ドイツのエジー・ノイエンドルフの事件も、その後の捜査は難航したようだ。数カ月経っても、容疑者が逮捕されることはなかった。一度、ブルッホ刑事に連絡をしたときには、ザーラ・レッシュは、事件のあと行方がわかっていない、したがって、最も有力な参考人として捜索を続けているが、既に国外ではないかとの見方が強まっている、とのことだった。

ザーラが住んでいたアパートは見つかった。片づけられた様子はなく、まさに謎の失踪といった感じだったという。参考になるような証拠品も、アパートからは見つかっていない。ある報道によれば、ザーラも殺されたのではないか、とネットなどで噂されているらしい。ファンの間では、ザーラの性別は依然として不明のままで、これについては、警察は情報公開していない。

顔見知りの犯行にまちがいない、とブルッホは断言した。エジー・ノイエンドルフの寝室からは、少量の覚醒剤が発見されたそうだが、彼女の遺体には、その反応はなかった。寝室からは、ザーラ・レッシュのものと思われる髪と体液も採取されているが、それが殺人に直接結びつく証拠にはもちろんならない。

ザーラ、つまりリオンのアリバイを証言しているのは、僕一人だった。あの謎の店にいた従業員も、裸で踊っていた女も、外の客引きも、客と思われた数人も、一人も見つかっていない。まるで、僕一人が見た夢のように、一夜で綺麗に消えてしまったということだ。

たしかに、記憶は少なからず霧に包まれていた。今になって考えると、酒に酔ったというよりは、なにか薬を飲まされたのではないか、と疑っている。翌日の気分の悪さが異常だったからだ。

ただ、それでも、自分の時計を見たし、一緒にいたのは、まちがいなくリオンだったのだから、少なくとも彼が自分の手で、エジー・ノイエンドルフの首を絞めることは不可能だったはずだ。さらに言えば、動機も考えにくい。ザーラ・レッシュはモデルとしてまだまだ売れただろうし、これから大金が手に入ったはずなのに、この事件のせいでご破算になってしまった。

リオンは、しかし、どうして行方を晦《くら》ましたのだろうか。

警察から逃げなければならない理由があったのか。

そもそも、彼が今回の事件に関わっていないのならば、どの時点で、事件を知ったのだろう。ノイエンドルフのオフィスの前に警察官が沢山いたから、それで察知したのか。

悪い方へ考えれば、彼は殺人の計画を知っていたのかもしれない。だから、わざと僕に会って、アリバイを作ったのではないか。やや手が込み過ぎているとは思うが、そう考えられないこともない。

しかし、これまでの一連の事件、リール、パリ、ミラノ、そしてフランクフルトの四件に共通しているのは、リオンと親密な関係を持った有名人が殺されている、ということだ。しかも、そのうち三件で、リオンには物理的なアリバイがある。こういった状況から思い浮かぶことは、リオンへの熱愛に由来する嫉妬が動機ではないか、という可能性だ。すなわち、何者かが、リオンと親しくなりすぎた者を、殺し回っている。

パリの事件では、たまたま現場にリオンがいたことになる。彼は犯人を見ていた。知っていたのではないか。そして、このときの偶然のアリバイにヒントを得た殺人者は、次のミラノでは、眠っていたリオンをわざとベッドに縛りつけたのかもしれない。そうすることで、リオンが容疑者にならない工作をした。

それが、つまりフランクフルトでも、形を変えて繰り返されたことになる。あの店を用意して、僕とリオンを会わせた。あんなことができるのは、なにか組織的な犯罪者集団ではないか、という連想に自然に至ってしまう。アリバイを作るためだけに、個人があそこまでするだろうか。

ドイツの事件から半年が経過したとき、フランスとイタリアの捜査担当者も交えて、一度会合を持ちたい、という提案がフランクフルトのブルッホからあった。

僕は、リールのテモアンとミラノのランディに連絡を取った。三週間後に日程を決めて、パリに集まることになった。パリ市警の新しい担当は、クールべという名だった。まだ、電話でしか話をしたことがない。場所は、市警本部の会議室である。

その日はすぐにやってきた。金曜日の午後で、風の冷たい日だった。集まったのは、僕を入れて五人。会議の時間は三時間。まず、事件の発生順に、簡単に説明をしてもらった。あらかじめ話しておいたので、全員が資料を持参していた。

最初に、リールのテモアンが、フレデリク・シャレットの事件を説明した。これについては、ドイツのブルッホはまったく知らなかった。殺されたのはフランスだが、被害者はベルギー人。したがって、フランスとベルギーの両国で捜査を行っている。二十分ほど資料に沿って説明したあと、最後にテモアンは、こうつけ加えた。

「資料には書けないことですが、私は、リオン・シャレットがやったのだ考えています。それ以外には、考えられない。ただ、動機はわからない。いかれているとしか思えませんね」

会話は英語だ。いつもよりもテモアンは理知的に見えた。ネクタイを締めていたし、表情も崩さない。それが彼の会議用の顔なのかもしれない。

次に、パリ市警のクールベが、資料の説明をした。これは世界中のニュースになった女優殺人事件だったので、皆よく知っているようだった。クールベは三十代の刑事で、体格の良い大男だった。絶対に格闘技の有段者だ、と僕は感じた。四人の刑事の中では一番若いだろう。

彼は、自分がこの捜査ではまだ新人で、引き継いだばかりだと最後に弁解した。現在も捜査を継続してはいるが、具体的な進展はない。プロの殺し屋ではないか、という説が有力だと語った。

その次が、ミラノのランディだった。集まった中では一番の長身だ。ストライプの入ったジャケットを着ていた。最初に会ったときにはなかった髭が、いつの間にか鼻の下にあった。

ピアニスト殺しの事件は、イタリアでは大ニュースだったが、具体的には、捜査に目立った進展はない。殺されたジャンニ・ピッコは、マフィアの有力者と幼馴染みで、親密なつき合いがあったことがわかっている。事件もそんな闇の関係ではないか、との見方が強い。ちなみに、この幼馴染みのマフィアというのは、大きな組織の有力者の一人で、検事を暗殺したことで名を知られているが、もちろん実行したのは彼の子分で、そちらは既に逮捕されている。

「一説には、リオン・シャレットを巡って、ピッコを殺したのではないかと言われていますね」ランディは最後にそう言った。

「シャレットを巡って、というのは？」僕は質問した。「どちらも、彼を自分のものにしようと、つまり、奪い合ったという意味ですか？」

「そうです。すいません、英語に不慣れなので」

「いえ、大丈夫、よくわかります。しかし、奪うために殺したのなら、リオンを現場に残しておくでしょうか？　連れていくのではないか、と思いますが」

「それは、たぶん、見せしめのようなものだったのではないかと」ランディは答えた。「ただ、警察に疑われないように、腕だけは縛っておいたわけです」

そういったイメージは、たしかに不可能ではない。でも、普通とも思えない。一般人の常識が通用する世界ではないのか。

「そうなると、そのあとリオンは、そのマフィアから逃げ出したことになるのでしょうか。もしかして、フランクフルトの殺人も……。あ、すみません、口を挟んで、あの、では、次は、ブルッホさん、お願いします」

フランクフルトの事件は、七カ月まえのことである。比較的まだ新しく、今も大勢が捜査に当たっている。今回の会議を提案したのもブルッホだ。事件に関して少しでも情報が欲しい、という切実さが表れていた。

フランクフルトの写真家殺人事件も、捜査に進展はない。現場に残されていたもので、犯人を示すような有力な証拠はまったくない。周辺の聞き込みをしても、殺されたエジー・ノイエンドルフに目立ったトラブルはなかったという。まるで、天災に遇ったように彼女は殺されたといえる、とブルッホは語った。

これは、実際にそのとおりで、女優のイザベル・モントロンや、ピアニストのジャンニ・ピッコには、闇の関係がまったくなかったとはいえない。それは、おそらくベルギーの資産家、フレデリク・シャレットにも当てはまるだろう。四人の被害者の中では、エジー・ノイエンドルフは飛び抜けて若い。写真家になる以前はモデルだったこともあり、その美貌もまだ衰えてはいなかった。むしろこれから、という才能だったはずだ。逆に言えば、モントロンやピッコのような超有名人ではないし、また、シャレットのような特別な資産家でもない。これまでの三件とは、多少性格が違っているように見える。

もちろん、殺人現場にリオン・シャレットがいたパリとミラノの事件とは、大きく異なっている。これは、最初の事件でも、そうだ。しかし、被害者が当時リオンと親しい関係にあった点では共通している。それがなければ、ほとんど無関係の事件として扱われていただろう。

「なんにしても、偶然とは思えない」というのが、テモアンの言葉である。そのとおりだ、と僕も思った。

テモアンは、月桂冠の話を始めた。つい先日、ベルギーでオルガ・ブロンデルとカトリーヌ・シャレットを訪ねたこと、そして、その両方で、月桂冠を被ったオルガの写真が見つかったことを説明した。事件でいえば、ミラノの殺人現場で、リオンが頭につけていた飾り物が、それと類似したものだった。また、フランクフルトでは、殺されたエジー自身が月桂冠を被っていたのだ。

「パリのときには、それがなかった」テモアンは言った。「どうしてだろう？　そのときには、まだ、やり方が決まっていなかった、というだけでしょうかね」

「リールのモーテルでも、見つかっていないわけですよね」僕はつけ加える。

「もちろん、そんなものはありませんでした。ただ、被害者の鞄の中に、あの写真があったわけですから、月桂冠が現場になかったというのではない。関連するものはあったわけです」テモアンは、横に座っているクールベを見て、フランス語で尋ねた。「パリでは、そういうものはなかったよね？」

「ええ、私は、聞いていませんね。でも、見逃したのかもしれない。部屋のどこかにあって、証拠品として扱われなかった可能性はあります。現場の写真をもう一度、確認してみましょう」

「パリのときには、リオン・シャレットは眠ってはいなかった」テモアンは英語で続けた。「縛られてはいたが、振り向けば、モントロンが殺されるところが見えた。うとうとしていたとしても、気がつかないなんてことはありえない。奴は、犯人を見ているんです。でも、警察には、神様がやったと言った。神様っていえば、普通はキリストだが、彼の神様が何なのかわからない。ギリシャ神話のアポロンかもしれない」

テモアンは、僕の方を見た。アポロンが月桂冠を被っている、ということが言いたかったのだろうか。それとも、リオンが語った神様の名前が問題なのか。テモアンは、僕の手前、言いにくかったのかもしれない。

「リオンは、僕の名を出したんです」自分で話した方が良いだろうと思って、僕は言った。みんなが話しにくくなってはいけないと配慮したからだ。「ご存じのとおり、僕は、彼と半年間、大学の寮の同じ部屋にいました。そんなに親しかったわけではありませんが、このまえ、カトリーヌ・シャレットに会ったら、リオンが僕のことをあの家で、つまり家族に話していたというんです。僕から勉強を教えてもらった、とも言ったそうです。でも、それは事実ではありません。僕は、そんなことをした覚えはない。どうして、そんな嘘をついたのでしょう」

「つまり、リオン・シャレットの中では、その……」テモアンが頭の横で片手を回した。「そういった妄想があったわけです。アンペールさんを、勝手に自分の神様にしているというわけです。その神様がモントロンの首を絞めた、と彼は本気で信じているのかもしれない。私が何度か話をした感じでは、そう、明らかに、普通じゃなかった。それくらいの妄想は持っていても不思議ではない。母親も精神病院に入院しています。もちろん、遺伝だなんて言えませんが」

「そういえば、精神科医にかかっていましたね。ミラノまで、担当医がわざわざやってきました」ランディが発言する。「えっと、名前はなんといったか……」

「ルネ・スーレイロルです」僕は答える。その人物には一年ほどまえに会いにいったことがあった。

「え?」と声を上げたのは、ブルッホだった。「ルネ、というのですか? 年齢は?」

「さあ、いくつでしょうね」僕は、テモアンとクールベを見た。

クールベは首をふる。スーレイロルを知らないようだ。

「三十代?」テモアンが言った。「四十代かな」

「それくらいでしたね」ランディが頷く。「どうしたんですか?」

ランディの視線を受け、ブルッホは咳払いをしてから、話した。

「エジー・ノイエンドルフがときどき、ルネという名の男と会っていた、という証言があるのと、それから、彼女の手帳にも、ルネと名前だけが書かれた日がありました。一カ月に一度か二度の頻度です。もちろん、ほかにも沢山の名前がありましたが、だいたいすべて確認が取れています。でも、そのルネというのは、誰なのか、まだわかっていません。秘書によると、一度だけ、ちらりと見かけた男性がいて、長身で黒髪でサングラスをかけていた、と言っています」

「ルネ・スーレイロルは黒髪です」僕は言った。「そうですね、背も高い方かな」

「でも、ルネなんて名前の男は、フランスにいくらでもいますよ」テモアンが少し笑って言った。

「当たってみます」と真面目に答えたのは、若いクールベだった。

2

四件の事件に関する会議は、情報交換という意味では、大きな成果があったと評価できるものだった。後半も細かい確認や、データのやり取りがあった。しかし、不思議なのは、容疑者がどの事件でも具体的に挙がっていないことだ。

具体的な動機らしきものを見つけることができない点が、刑事たちの一致する感想だった。警察は、この種のものに弱い。つまり、普通ならば、金銭的、あるいは人間関係の問題を抱えている者が犯行に及ぶ。それが大部分なのである。したがって、そういった切口から捜査を展開することに彼らは慣れている。ところが、頭のおかしい人間が、通り魔的に犯した殺人は、現行犯で犯人が捕らえられなかった場合、目撃者やカメラが犯人の姿を浮かび上がらせたり、その報道を見た犯人の周辺からのリークがないかぎり、捜査は難航し、多くの場合暗礁に乗り上げる。

むしろ、犯人がマフィアの一員であるとか、前科のある人物ならば、それなりのデータがあり、さらには裏のルートで伝わってくる情報がある。パリとミラノの警察はいずれも、完全にそれを待っているように見受けられた。

今回の会議で、パリ市警の新しい担当者、クールベに幾つかの宿題が出される形になった。しかし、これが大当たりだったことが、のちに明らかになる。

まず、三年まえのモントロン事件の現場写真、すなわち、女優のイザベル・モントロンが殺害された部屋を撮影した、およそ四百五十枚の写真の中に、二枚だけだが、月桂冠が写っていた。それは、モントロンが首を絞められたベッドのすぐ側の床にあった。しかし、化粧品、香水、アクセサリィなどが置かれたキャビネットや化粧台に近かったために、そこから落ちたものだと簡単に処理されていた。写真の一枚は床に落ちているところ、もう一枚は、キャビネットに戻されたところのアップだった。この証拠品については、警察には残っていない。今あるのは、写真だけだった。

引き伸ばしてみたところ、本物の植物ではなく、それを真似て、金属か樹脂で作られたものらしい。あるいは、モントロンが舞台などで役を演じたときに使った小道具かもしれないので、そちらの方向で調査を行う、とクールベは連絡してきた。

僕は、その写真をメールで、リールとミラノとフランクフルトへ送っておいた。三人の刑事からは、確認のメールが戻ってきたが、印象的だったのは、テモアンの、「あると思っていたよ」という感想だった。確信していたようだが、彼自身も、その写真は見ているはずで、そのときは見逃したのである。

さらにその翌日に、またクールベから電話があった。

「お知らせしておいた方が良いかと思いまして」挨拶のあと、クールベは言った。「ルネ・スーレイロルですが、教えていただいた場所には、既にクリニックがありません。ビルの管理人に尋ねたところ、一カ月ほどまえに移転したそうです。移転先はまだわかりません。もちろん、新しい場所で開業するためには、その地区の許可を得る必要がありますが、少なくとも、パリ市内ではそういった申請は出ていないようです」

「では、別の場所へ？」

「国内については、情報を照会しているので、該当するものがあれば、まもなく連絡が入るとは思いますが」

「しかし、ああいったところは、通っている患者がいるのではないでしょうか。簡単に遠くへ移転できるとは思えませんけれど」

「そうですね。スーレイロルのクリニックに通っていた人に尋ねることができれば、あるいはわかるかもしれません。しかし、そういったリストを手に入れることができませんから……」

「近所の人で、あそこへ通っていた人がいませんか？」

「ビルの中では当たってみましたが、駄目でした」

「潰れたわけではないですよね？」

「さあ、わかりませんね。家賃の滞納はなかったそうです。その契約書にあったルネ・スーレイロルの自宅の住所も当たりました。医師免許に登録されているのもその住所なんですが、もうそのマンション自体がありません。古い建物だったようですね。住人全員を立ち退かせて、解体したのが昨年のことだそうです。現在は、新しいオフィスビルの工事をしています。そのビルのオーナにも連絡を取りましたが、スーレイロルと新しい契約をしているわけではありません。つまり、自宅がどこかも、わからないわけです」

「まさか、隠れているとは思えないのですが」

「うーん、そうですね」

この情報には、フランクフルトのブルッホががっかりしていた。彼は、エジー・ノイエンドルフのスケジュール手帳にルネの名があった日付に、スーレイロルの医院が営業していたかどうかを知りたがっていたからだ。その結果次第で、ルネ・スーレイロルに会うつもりでいたようだ。

「残念ながら、手帳以外からは、ルネという名前は見つかりません」と彼は話した。

捜査の活路かと思われていたものが、行止りだったというわけだ。

パリのクールベは、幾つかの精神科医と、スーレイロルの免許にある情報から、出身大学などを当たってみると話していたので、これをブルッホに伝えておいた。

リオン・シャレットの行方は、まったくわかっていない。ドイツでは、ザーラ・レッシュが行方不明になったままだ。仕事のパートナだった写真家が殺害された事件に、ザーラも巻き込まれた可能性が高い、とテレビなどでも報道されるようになったという。殺人があった夜に、彼女に、否、彼に会っている人間がいるにもかかわらず、である。今のところ、ドイツのマスコミから僕のところへはアプローチはない。少なくとも、警察から外へは僕のことは漏れていないようだ。

一連の事件の捜査は、客観的に見て、行き詰まった状況といえるだろう。誰もそのとおりに語ったわけではないけれど、明るい材料がどこにもないのは確かだった。

しかし、そこへ飛び込んで来たものがあった。それは、新しい事件でもなく、また、リールでもパリでもミラノでもフランクフルトからでもなく、リヨンにいる僕自身に直接降り掛かったものだった。

3

珍しく定刻に仕事を終えて、オフィスのあるビルから出たところで、二人の男が待っていた。

「アンペールさん、ちょっとお話があるんです」英語で話しかけられた。見た感じ、フランス人ではない。黒いスーツを着ていた。「どうぞ、あちらの車へ」

彼が片手を伸ばした方角を見ると、車道にリムジンのように大きな高級車が駐まっていた。

「どちらの方ですか？　用件は何ですか？」僕は後ろに下がって尋ねた。

ところが、もう一人が、僕の腕を摑み、そちらへ引っ張っていく。その握力が絶大で、まったく逆らえなかった。声を上げようと思いついたときには、車のすぐ近くまで来ていた。

「申し訳ない。手荒な真似をしたいわけではないのです。あの、リオン・シャレットのことなんです。ちょっとだけ、お時間をいただけないでしょうか」

話をしている男はそう言って、車のドアを開ける。中に乗れということのようだ。奥に誰かいるのが見えた。

乗らない方が危ないのではないか、と思われたので、頷いて、自分から車に乗り込んだ。少なくとも、腕を解放されただけで、少しほっとした。

後部座席にいた男は、五十代か六十代。白髪の混じった顎鬚を生やしている。目は細く、そして鋭く、じっとこちらを睨んでいたが、すぐに口だけ部分的に微笑んで、片手を出した。握手を求められたようだが、遠慮した。

助手席に、英語を話した男が乗り込み、腕を摑んだもう一人は運転席に座った。

「この方の名前は、聞かない方が良いと思います」助手席の男が言った。

年配の男はイタリア語で、なにか呟いた。

「お食事をされましたか?」助手席の男がきいた。どうやら、通訳しているらしい。

「食事は、帰宅してするつもりです」と僕は答えた。それは嘘だった。

約束をミシェルとしていたわけではない。むしろ、どこかで食事をしてから帰宅しようと考えていたのだ。しかし、この連中と食事をするのは気が進まない。それくらいなら、なにも食べない方がましというもの。

イタリア人らしい。真っ当な人間とは思えない。リオンの名前を出したということは、なにか知りたいからだろう。殺されるようなことはないだろう、とは思った。向こうは、これでも礼儀正しくアプローチしたつもりかもしれなかった。

イタリア語で会話があった。なにを話しているのか、よくわからないが、どこかへ行けというような言葉だった。

「どこへ行くのですか?」ときいてみた。

「話ができる、静かなところへ行きます。ご心配なく。アンペールさんには、危険はありません」

そう言われたので、黙って頷いた。

隣の男がまたなにか言って片手を出したので、しかたなく、握手をすることにした。その男は愛想良く笑って、僕の肩を軽く叩いた。たぶん、友好的な素振りを示したのだろう。

もちろん、ミラノのランディ刑事が話していた、検事を暗殺させたというマフィアの男のことを思い出していた。名前も聞いているし、写真も見たことがある。イタリアでは知れ渡っている名らしい。目の前にいる男は、その本人ではなさそうだ。けれども、なにも知らない振りをした方が良いだろう。下手に名前を口に出さない方が賢明だ。

わざわざ、国境を越えてきたのだろうか。何を知りたいのだろう?

とにかく、いろいろ考えてしまった。どう答えるのか、ということについてだ。けれども、僕は警察の人間ではない。僕が知っていることは、警察が摑んでいる情報のほんの一部にすぎない。それなのに、僕のところへ来たのは、警察ではやりにくいと敬遠したのか、それとも、リオンの友人だということを知っているからだろうか。

グリーンの照明が当たった噴水が見えてきた。そのロータリィで車を駐車し、僕たちは建物の中へ入った。レストランのようだが、客はいなかった。貸し切りみたいだ。周囲を見回したが、夜なのでどこなのかはわからない。

落ち着いた照明の店内は広い。ずいぶん離れたところにカウンタがあって、その中にも人が立っている。テーブルへウエィタがやってきた。僕のすぐ横にボスの男が座り、テーブルの向こうに通訳の男が座った。運転をした男はどこかへ消えてしまった。

飲みものを注文した。二人はカクテルのようだったが、僕はコーヒーを頼んだ。コーヒーがあって、少しほっとした。

ボスがなにかしゃべり、すぐに前の男が英語で伝えた。

「驚かしてすみませんでした。リオン・シャレットを探しているのです。どこにいるのか、ご存じないですか?」

「いいえ、探しているのは、僕も、それからフランスやイタリアやドイツの警察も、まったく同じです。フランクフルトの事件のあと、彼は行方不明です」

「どこにいると思いますか？」

「いいえ、全然見当もつきません。でも、たぶん、ドイツではないでしょうね。彼はドイツ語が話せないと思います」

「イタリア語も話せない。でも、ミラノにいました」

「そうですね。誰かと一緒にいるのなら、フランス以外の可能性もあると思います。一人で暮らしているにしても、近くに、彼を隠している人間がいるのでしょう。それが、僕のイメージです」

　ボスは、通訳の説明を聞いているときも、僕の顔をじっと見つめていた。少し目を細めているものの、その眼光は鋭い。人を威圧するような強さがある。

　ウエィタが、飲みものを運んできた。ボスはそのグラスに手を伸ばした。毛深い手だった。もしかしたら、人を殺したことがある手かもしれない。僕は、コーヒーカップを自分の近くへ引き寄せた。その間にボスは通訳になにか言った。

「アンペールさんは、フランクフルトでリオン・シャレットに会いましたね？」

「ええ、事件があった夜です。リオンというよりは、ザーラ・レッシュです。ドイツでは、そう名乗っているんです。黒い髪でしたし、チャイナドレスを着て、つまり、女装していました」

「もう少し、詳しくそのときの話を聞かせて下さい」

　警察にも話したことだし、秘密というわけでもない。僕は、昨年の夏のことを思い出して、その不思議な夜の出来事をできるだけ正確に伝えた。メッセージをもらって、秘密クラブのような店に入り、そこでザーラ・レッシュと会った。そのあと、個室へ行き、途中で眠ってしまった。気がついたときには、ザーラはいないし、店にも、掃除をする男が一人残っていただけだった。

「その店にいた者で、覚えている人はいますか？」そう言いながら、通訳の男はポケットから写真を取り出した。二十枚以上あった。それを丁寧に僕の前に並べた。

イタリア人らしい顔が揃っている。若い者が多い。どれも、あまり人相が良くなかった。しかし、明らかに一人に見覚えがあった。それは、あの店の前で客引きをしていた男だった。

「誰なんですか？　この人たちは……」

「見覚えがある顔がありましたね？」

「いえ、はっきりとしたことはいえません。もう半年以上もまえのことです」

「でも、覚えているでしょう？」

もう一度、写真をじっくりと見た。その一人以外の顔は見たことがない。店には、もっと大勢いたのだが、写真にある人物はどれも違う。こんなラテン系の人間はいなかった。やはり、外にいた男だけだ。あのときはイタリア人だとは気づかなかったが、目の前にある写真では、たしかにそれらしい。マフィアの一味なのだろうか。では、どうしてこのボスは、それを知りたがっているのだろう？

「アンペールさん、どうか教えて下さい。これは、貴方には関係のないこと。私たちの問題なのです。誰にも迷惑をかけるようなことにはなりません。それに、もし教えていただければ、こちらからも、アンペールさんの興味がある情報をお教えしますよ」

そう言われたから、答えたわけではない。それを聞くまえから、教えても良いだろうと考えていた。教えれば、何があったのか聞き出せると考えたからだ。

僕は、写真の一枚に指を当てた。

「百パーセント断言はできませんが、この人がいたように思います。店の外にいました。僕を見て、案内をしてくれたのです。僕の顔を知っていたのでしょうか。英語を話しました」

「ありがとうございます」通訳の男は、もう一度写真を見るように手で促した。「ほかには?」

「ほかには、いないと思います。見たことのない顔ばかりです」

「わかりました。どうもありがとう」

「あの店は、ザーラ・レッシュが、僕に会うために用意したのですね? そうとしか思えません。どうして、あんなことをしたのですか?」

その質問には答えてもらえなかった。ボスがなにか告げて、通訳がこちらを向いた。

「今のご質問には、こちらは答を持っていません。それから、こちらからの情報は、フランスのことです。ルネ・スーレイロルは、レンヌの病院に週に一回出張していました。ご存じでしたか?」

「いいえ、知りません」思いもよらない突然の情報だったので、僕は驚いた。「では、彼は、今そちらにいるのですか？」

「今はわかりません。しかし、二カ月まえには、そこで死亡診断書にサインをしています。彼と……、もう一人はその病院の内科医です。その死亡診断書は、リオン・シャレットのものです」

「え、どういうことですか？」

「リオン・シャレットの死亡を届け出ているのです」

「本当ですか？」

「シャレットの身内へも連絡をしたようです。写真を送って、まちがいないかという手紙を送り、サインをもらった。それで役所の許可が下りて、遺体は火葬になりました。私は、フランスで火葬があるとは知らなかった」

「身内というのは、あの、ベルギーの？」

「そうです。カトリーヌ・シャレットです」

「そんな連絡は、受けていませんが」

「わざわざ警察には知らせはしないのかもしれませんね。警察はとうに知っているだろう、と彼女は考えたはずです」

「どうして、そんな情報をご存じなのですか？」

「ルネ・スーレイロルから直接聞いたからです。なにしろ、私たちが彼に、その死体を融通したのですから」

「融通した?」

「お話は、これで終わりです。アンペールさん、どうもありがとう。私たちは、もう友人です。これからも、お力になれることがあるかもしれません」

ボスは立ち上がり、こちらに片手を出した。しかたなく、また握手をする。今度も肩を二度叩かれた。握手とセットになっているみたいだ。

通訳の男も、こちらへ出てきて握手をした。

「アンペールさん、大変申し訳ないのですが、この店に二時間ほどいて下さい。食べるものも、飲むものも、すべて無料です。ただ、電話をしないように。二時間後に、タクシーで貴方を送らせます」

「わかりました」と答えるしかなかった。「あの、一つだけ教えて下さい」

「何ですか?」

「皆さんに会ったこと、それからここで今聞いたことは、警察に知らせても良いですか?」

「もちろんです」通訳は頷いた。「すべて、OKです」

ボスと通訳は店から出ていき、すぐに姿が見えなくなった。僕はテーブルのシートに座り直した。ウエィタがやってきて、コーヒーのお代わりはいかがですか、と尋ねたので、頼むことにした。

彼らが遠くへ行くまでは、警察に知らせるな、ということらしい。店員が見張っているのだろう。逆らうつもりはなかった。実際、暴力や非礼に遭ったわけでもない。しかし、二時間も何をしようか、と考えてしまった。

4

その店での残りの二時間は異様に長く感じられた。コーヒーも苦かった。僕はタクシーでオフィスへ戻った。自宅へ送ってもらうわけにはいかない。場所を知られる危険もある、と考えたからだ。オフィスでしばらく時間を過ごすことにして、自宅へは電話をかけた。

「ごめん、今日は急な仕事が入って、帰れそうにない」

「え、徹夜で仕事なの？」ミシェルは心配そうな声だった。「大丈夫？　無理をしないでね」

「いや、少しは眠れると思う。大丈夫、心配しないで」

次に、パリ市警のクールベに電話をかけたが、残念ながら不在で、携帯電話もつながらなかった。その次には、リールのテモアンに電話した。こちらも、コール音が続くだけで出ない。

諦めて、僕はデスクでパソコンを開いた。なにかを調べようと思ったのだが、よく考えてみると、何を、どう調べるのか、さっぱりわからない。

リオンが死んだ？

その情報が、僕の躰を鉛のように重くした。

死体を融通した、という言葉も耳に残っていた。つまり、彼らがリオンを殺したという意味だろうか。では、最初にリオンがどこにいるか知っているか、と何故きいたのだろう。こちらがどこまで知っているかを探った、ということか。

僕の頭に思い浮かんだストーリィは、シンプルでストレートだった。ミラノで殺されたピッコと、マフィアのボスは親友だった。ボスはリオンがピッコを殺したか、あるいはリオンが手引きをした者が殺した、と考えた。

別のストーリィもある。ボスとピッコは、ともにリオンを巡ってライバル関係にあった。リオンを奪ったことで、ピッコは殺されたのかもしれない。それに懲りて、リオンが戻ってくると考えたのだ。けれども、彼はドイツへ逃げた。

どちらにしても、ドイツまではマフィアは追ってこないだろう、とリオンことザーラは考えていた。マフィアの子分の誰かが、リオンについていったようだ。そいつが、あの写真の男だったのではないか。あの男が、ザーラと僕が会っている間に、エジー・ノイエンドルフを殺したのかもしれない。ザーラとエジーの関係が親密になり過ぎたことを嫌ったのか、それとも単純な嫉妬だったのか。

一方、イタリアのボスは、裏切ったリオンと、その男を追っている。ザーラと一緒だった男を、僕に確かめさせた。ということは、誰なのかがわからなかったのだろうか。確信が持てなかったのかもしれない。

ザーラはどこかで捕まって、フランスで殺された。その死体の処理を、ルネ・スーレイロルが引き受けた。それがレンヌでの死亡診断書。これは調べれば、本当かどうかすぐわかるはずだ。

結局、そのことで、ルネ・スーレイロルはパリを去らなければならなくなったのだろう。彼もまた、マフィアになにか弱みを握られていたのではないか。それに、ミラノやフランクフルトでリオンが姿を消したのも、警察から逃げるためではなく、もっと別の脅威からの逃亡だったのか。

そうは考えたくないけれど、しかし、いちおうは筋道が通る。

考えたくないのは、リオンの死。

そう、それは、信じたくない。

さきに電話がかかってきたのは、テモアンだった。簡単に、今夜あったことを説明した。彼は黙って聞いていた。最後まで話すと、カトリーヌ・シャレットにすぐに確認を取る、と言って電話を切った。

そのあとすぐ、クールベから電話がかかってきた。こちらにも、同じ話を繰り返した。

「レンヌに連絡を取ってみます、結果がわかったら、お知らせします」と彼は言った。

二本の電話のあと、僕は疲れて、オフィスのソファへ移動し、そこで横になって、少し眠った。まだそんなに深夜ではない。でも、こんな重い疲労感は珍しかった。

電子音が鳴ったような気がして、起き上がり、電話を見た。テモアンからのメールが届いていた。

《寝ているかもしれないのでメールにしました。カトリーヌ・シャレットに連絡を取りました。彼女は弟が死んだことを知っていました。遺体の写真を見たそうです。体調を崩していたため、レンヌまでは行けなかった。死因は、肺炎だと聞いている。彼女はそう言っています。詳しい確認は、明日以降に行います》

テモアンのメールを読んだあと、僕はまた横になった。なんとなく、すべてが終わってしまったように感じた。

冷静になって考えてみれば、これは、事件の終焉《しゅうえん》とは無関係だ。それはよくわかっている。ただ、リオンが死んだということが、僕には大きなショックだった。その大きさが、たった今わかったといっても良い。

涙が溢れて、喉が痙攣するほど泣いた。

オフィスで一人だった。部屋の照明も灯していない。自分のデスクのライトと、パソコンのモニタだけが光っていた。しかも、僕はそこにはいない。暗い壁際でソファに躰を沈めていた。とても静かで、パソコンのファンの音しか聞こえなかった。だから、余計に自分の息、その震えた息が支配的だった。どうして、自分はこんなにショックを受けたのだろう。

それほど、リオンのことを?

そんなはずはない?

何故、否定する？

胸に手を当てて、考えてみろ。

この涙は何だ？

わからない。なにもかもが狂っているように思えた。アルコールを飲みたくなった。眠ってしまうのが良いけれど、とても眠れないだろう。

この今の意識から逃避したい。

できることなら、このまま死んでも良いとさえ考えた。

不思議だ。

どうして、そんなふうに考える？

お前にとって、そんなに大切なものだったのか？

ならば、どうして、もっと近くに置いておかなかった？

喉が痛くなり、なにか飲みたくなった。オフィスには、コーヒーしかない。それもインスタントだ。それでも、お湯を沸かして飲むことにした。電気ポットのオレンジ色のランプを見つめていた。それが消えるまで、じっとそれだけを睨んでいた。

紙コップに入った液体を掻き混ぜてから飲む。いつもは入れない砂糖も入れた。そのいやらしい甘さが、今は優しかった。熱が喉と胸を通り過ぎて、僕は多少落ち着いた。

溜息をつく。

落ち着こう。

冷静になって、ゆっくりと考えよう。

時計を見たら、間もなく午前一時だった。そんなに時間が過ぎていたのか、と少し驚いた。このまま、朝までオフィスにいるか。それとも一旦は帰宅しようか、と迷う。この時刻ではタクシーを使うしかない。

しばらく考えたが、シャワーも浴びたいし、着替えもしたかった。家に帰る決心をして、立ち上がり、デスクまで歩いて、パソコンを閉じた。

オフィスの入口で施錠をして、ビルの通路を歩く。もちろん誰もいない。僕が歩く音だけが響く。エレベータホールでボタンを押して、壁の数字を見て待った。

物音が横から聞こえた。階段の方だった。そちらは照明が消えていた。こんな時刻にも、仕事で残っている人がいるのだろうか。もちろん、複数の事務所が入っているし、どんな職種なのかわからないものも多い。ただ、このフロアには、ほかのオフィスはない。

エレベータが上がってきて、小さなベルが鳴り、やがてドアが開いた。

僕は、その中に乗り込んだ。そして、振り返った。

階段室に誰か立っている。

細くて華奢な肢体。ちょうど顔の高さが蔭に入って、見えなかった。

口だけが、見える。

その口が笑って、白い歯が見えた。

エレベータのドアが閉まった。

僕は慌てて、ボタンを押した。押し続けた。しかし、エレベータは下がり始める。手当たり次第、数字のボタンを押していた。

二フロア下で、エレベータは停まった。ドアが開くと同時に、僕は飛び出した。

ホールを駈け抜け、暗い階段室へ飛び込んだ。

ステップを駈け上がる。

手摺りを摑み、踊り場で方向を変え。

何段も飛び越えて。

最初のフロアのすぐ手前の踊り場で、僕は立ち止まった。

その暗闇の中に、彼が立っていたからだ。

無言。

無音。

僅かな光が、彼の膝と靴を照らしていた。

少し短めのジーンズに、細いシューズ。

女もののような、毛皮のコート。

動かない。

人形のように。
「リオン」僕は、彼の名を呼んだが、息だけが漏れ、声にはならなかった。
生きていた？
生きていたのか？
何故、ここに？
何故、ここにいる？
夢を見ているのだろうか？
夢を見ているのだろうか、僕は。
「どうしてここへ？」その疑問が、僕の最初の言葉になった。
彼は近づいてくる。
僕に抱きついて。
彼の顔がすぐ近くに。
彼の息が僕にかかり。
唇が唇に押し当てられて。
沈黙と静止。
汗と冷たさと鼓動。
込み上げるものがあった。

熱いものと。
甘いものと。
そして、一度も味わったことのないものと。
ゆっくりと、離れ。
彼は、僕の手を握っていて。
それも、最後には離れた。
細かい星が、闇にこぼれ落ちるのを見た。
僕は息を吐く。
僕は、汗をかいていた。
リオンは生きている。これは夢じゃない。
「何のために、ここへ?」
だいぶ以前にした質問と同じだった。
ずっと遠くの宇宙へ発する電波みたいに。
「遠くへ行くから、もう会えない」彼は答えた。
「どういうこと?　それを言いにきた?」
「さようなら」彼の声が少し高くなって、暗闇に響く。
蝙蝠《こうもり》が翻《ひるがえ》るように、リオンは階段を駈け下りていった。

「リオン！」僕は叫んだ。

待ってくれ。逃げないでくれ。

そう思った。

追わなければ。彼を捕まえなければ。

そう考えた。

けれども、僕の躰は動かなかった。そこに立ち尽くし、階段の手摺りにもたれかかっていた。それどころか、力が抜けて、その場で膝を折った。階段のステップに座り込んだ。手摺りの下の鉄の棒に、頬が触れる。

階段室に響く足音が、消えるまで。

その音が、しだいに遠くなるまで。

僕は、彼を逃がしたのだ。

それが、たぶん、きっと、彼にとっても、そして、僕にとっても、一番良い、と何故か思った。

直感的に、そう判断していた。

だから……。

そこにそのまま僕は十五分くらい座っていたと思う。なにも考えなかった。自分の唇に指を触れていた。キスは初めてではない。それも思い出した。ザーラ・レッシュだ。彼女も、僕にキスをした。忘れていた。僕は酔っていた。酔わされていた。夢だと思った。夢だから大丈夫だと思っていた。でも、あれは夢ではない。今、それがわかったのだ。あの夜の甘さが蘇って、躰が震えた。

5

二日後に、リールからテモアンがやってきた。お昼頃に連絡があり、夕方、オフィスのそばで会った。一緒に食事をすることになった。電話で、一番大切な用件は既に聞いていた。死亡診断書はたしかに提出されているが、リオン・シャレット本人だという証拠はない、という情報だった。それは、まったく妥当である。僕が一番よく知っている。

一緒に食べたのは、イタリア料理だった。大きなフライパンに貝とエビ、それにライスが入っていた。それをそれぞれの皿に取って食べた。

「昨日、クールベと一緒に、レンヌまで行ってきました。リオン・シャレットの死亡診断書は、不備なく提出されて、正常に受理されています。サインをしたもう一人の医師にも会いました。彼は、サインをしただけで、実際には死体を診ていません。いえ、見はしたけれど、調べたわけではないのです。私は、リオン・シャレットと、それからザーラ・レッシュの写真を彼に見せましたが、こんな美人じゃない、男だったよ、と言っていましたね」

「では、診断書が偽造だということですね？」

「いや、そこまで、たしかな証言はできない、と言い張りましてね。はっきりとは覚えていない、と途中から言いだしました。まあ、自分の責任が問われることになりますから、このままうやむやにしたいのでしょう。困ったもんです」

「ろくに確認もせずサインをするなんて、普通のことなんでしょうね」

「そのとおりです。同じ病院に非常勤でやってきていたルネ・スーレイロルに頼まれて、サインをしただけだと言うわけです。死んだのは、スーレイロルの患者で、自宅で亡くなっていた。見たところ、外傷はない。変死扱いにしたくない、警察沙汰にしたくない、と遺族が言っているので、サインをしてくれないか、と頼まれたそうです。それで、病院で死んだことにした。書類にそう記入されていました」

「それは、明らかな偽造では？」

「まあ、そうですが、これも日常茶飯事のようです。スーレイロルは、ベルギーのカトリーヌ・シャレットへ電話をかけた。リオン・シャレットが死んだ。すぐに火葬にしたいと病院は言っている。許可をもらえないだろうか、と。それで、速達で死んだリオンの写真を添えて送った。カトリーヌは、書類にサインをして送り返しています」

「待って下さい。では、ルネ・スーレイロルは、死んだリオンの写真を撮ったわけですね？　えっと、つまり、死んだように見えるリオンの写真を」

「そうです。目を瞑るだけで、死人くらい誰でもなれますね、写真なら」

「スーレイロルの近くに、リオンがいたということですね？」

「それはわかりません。だいぶまえの写真かもしれない」

「でも、普通、寝ている顔とか、目を瞑っている顔なんて、写しませんよ」

「うーん、どうですかね。そこは、今はペンディングにしましょう。で、遺体は、三日間病院にありましたが、書類の条件が揃い、火葬の許可が下りて、誰の死体なのかわかりませんが、とにかく灰になった。遺骨も残っていないそうです」

「カトリーヌ・シャレットが見にいかなかったのは、どうしてですか？　薄情なものですね」

「いや、彼女にしてみれば、厄介者《やっかいもの》がいなくなって、ほっとしているんですよ。わざわざ来ていただく必要はない、とスーレイロルに言われたかもしれません。そのあたりは、今度、彼女に会って、確かめてきます。一つ私が疑っているのは、フレデリク・シャレットが、オルガ・ブロンデルに遺した資産です。公開されていませんが、幾らかはあったでしょう。そこから彼女の入院費も出ている。となると、オルガが亡くなれば、それはリオン・シャレットのものです。今は、カトリーヌが預かっている資産が、一部はリオンに移る可能性があるということです」

「なるほど」

「とにかくですね……、いったい誰がその遺体をちゃんと見たのかといえば、誰も見ていません。ただ、遺体があったことは確かです。運搬をした人間もいるし、火葬場で灰になっているんですからね。それが誰だったのか、死因は何だったのか、それはわからない。知っているのは、ルネ・スーレイロルだけです。どうです？　なかなかでしょう？」

「ええ、面白いですね」僕は頷いた。

「面白いですか？」

「いえ、失礼……。その死んだ人には、たしかに失礼になるかもしれません」

「それが、リオン・シャレットではない、という可能性は大きいと思います」

「ええ、カトリーヌに送った写真は、おっしゃったとおり、スーレイロルが持っていたリオンの写真。たぶん、寝ているところを撮ったものでしょう。もちろん、リオンに死んだ振りをしてくれと頼んで撮ったものかもしれませんが」

「そういうことです。マフィアが、死体を融通したと言ったのでしょう？　まさに、どこかから都合の良い死体、だいたい同じ年齢の男性の死体を持ってきたというわけです。身代わりってことになります。まさか、わざわざ殺して持ってきた、ということはさすがにないでしょう。殺害の形跡があっては、発見されたときに厄介ですからね。でも、外見ではわからない殺し方もある。水に沈めて、窒息死させるとか」

「あの、どうして、スーレイロルは、リオンが死んだことにしたかったのでしょうか？」

「まあ、たぶん……、警察の目を彼に向けたくなかった、ということではないかと想像しますが」

「でも、マフィアに裏切られて、ばらされてしまった。つまり、スーレイロル自身が、マフィアを裏切ったのでしょうか。それで姿を見せないということかも」

「なるほど。そうなると、既に殺されているかもしれませんね」テモアンはそう言って、グラスの水を飲んだ。「スーレイロルだけじゃない、リオンだって、わかりませんよ」

「いえ、彼は生きている」

「え？　誰がですか？」

「リオンです」

「その可能性がありますね」

「いえ、彼に会ったんです」

「いつ？　どこで？」テモアンは腰を浮かすほどの勢いで、身を乗り出してきいてきた。

僕は、マフィアのボスに会った夜のことを話した。オフィスの外で、リオンが待っていたと。

「何故、黙っていたんですか？」

「もちろん話すつもりでしたが、こちらへいらっしゃると聞いたので、では直接お話ししようと思いました」

「何を話しました？」

「いや、なにも……、顔を合わせたという程度です。どこか、えっと、遠くへ行くから、さようならを言いにきたと」

「そう言ったんですか?」

「それらしいことを」

「遠く?　どこへ?」

「それは聞いていません」

「どうして、すぐに連絡してくれなかったんです?　えっと、一昨日のことですよね」

「連絡するつもりでしたよ。昨日は、ちょっと忙しかったので、つい……」

「えっと……、どんな格好でした?　男でしたか、それとも女だった?」

「暗かったので、はっきりとはわかりません。コートは女性用だったような。でも、ジーンズに普通のスニーカのような靴でした。顔はよく見えなかったんです。髪も、どんなふうだったかわかりません。でも、少なくとも、スカートを穿《は》いていたわけではないですし、その、香水の匂いもしなかった」

「香水?　いつもはするんですか?」

「いつもというか、フランクフルトのときは、したような記憶が……。はっきりとしたものではありません」

「すぐ近くまで来た。躰に触れましたか?」

「ええ……、まあ、一瞬ですけれど」

「フランスにいたのか……」テモアンは、そう呟いてから、溜息をついた。

「ルネ・スーレイロルは、見つからないのですか？」

「クールベが探しています。見つかったら、すぐに連絡があるはずです。どうして姿を晦ましたのか。クリニックを畳んでしまったとなると、よほど逃げたい対象があったのでしょうね。警察か、それともマフィアか」

「でも、死体を融通したのは、マフィアなんですよ」

「いや、マフィアは一つじゃありませんからね。リオン・シャレットを見つけて殺したいと思っている連中がいて、それから逃れるために死亡したことにした。それで、追及を躱《かわ》せると考えたのでしょう」

「でも、遠くへ行くって言っていました」

「そうですね。ルネ・スーレイロルにしても、なにか最後の仕事を片づけてから姿を消した、というような印象を受けますね」

「スーレイロルは、ドイツのエジー・ノイエンドルフと関係があったのでしょうか？」

「さあ、どうでしょう。あったとしたら、遠距離ですね。そんな遠くから患者としてクリニックに通っていたとは思えない。もしルネというのが、彼だったとしたら、スーレイロルの方がフランクフルトへ行っていたことになる。逆だったら、ノイエンドルフの秘書が気づくでしょう」

「イザベル・モントロンは、スーレイロルのところへ行っていなかったでしょうか？」

「患者としてですか？」

「ええ」僕は頷いた。

「近いですからね。ありえないことはない。あの種のものは、周囲には隠すでしょうからね。秘密で通っていたかもしれない。そういう証拠を隠すために、クリニックを閉めて、全部データを処分した可能性もあります」

テモアンは、ウエィトレスに水を頼んだ。彼は、今日はアルコールを飲まないようだ。僕も、飲んでいない。七時過ぎには店から出て、テモアンと別れた。

僕は、そのままいつものルートで帰宅をした。夜道を歩いていても、ちょっとした暗闇に目を留めるようになった。そこにリオンが立っているのではないか、と想像してしまうからだった。

自宅のドアを開けると、そこにミシェルが座っていた。

「びっくりした。何をしているの？」

「見たらわかるでしょう。ブーツを脱いでいるの」ミシェルは笑った。ちょうど帰ってきたところらしい。「食事はしてきた？」

「うん。リールのテモアン刑事と一緒にね」

「あら、まだ、あの事件、捜査が続いているわけ？」

「続いている。解決していないからね」

一般人は、もうイザベル・モントロンの事件など、すっかり忘れてしまっただろう。それは、ジャンニ・ピッコも同じだ。ドイツのエジー・ノイエンドルフも、すぐに大衆の記憶からは消える。ザーラ・レッシュもきっとそうだろう。

たとえ、殺されていなくても、病気か事故で死んだとしても、これは同じだし、あるいは、生きていても、人気がなくなればマスコミから姿を消すことになる。

死んだ本人が、自分を殺した人間の正体を暴いてほしい、と警察に依頼したわけではない。それが可能だったとしても、依頼するとは限らない。後ろめたい関係があって、深入りされたくない、探ってほしくない、と考えたかもしれないからだ。

有名人の周辺には、そういった闇の部分が多々あるのだろう。死んでしまったら、もうそのまま周囲は口を閉じる。蒸し返さない。その方が、本人の名誉のためでもある。それが正義でさえある、と考えるかもしれない。

それでも、おそらくは、殺される直前まで、自分の首が絞められることなんて、想像もしていなかったはずだ。今日はこれから何をするのか、何を楽しむのか、明日は何をするか、ときっと考えていただろう。たとえば、エジー・ノイエンドルフは、殺されるまえに会ったから、それがよくわかる。彼女は、自分が死ぬなんて想像もしていなかったにちがいない。

ミシェルが、紅茶を持ってきてくれた。カップをデスクに置いて、また部屋を出ていった。僕は、ありがとう、という言葉を口にした。ミシェルは、振り返って、微笑み返した。

二日まえに、僕の唇は、リオンの唇に触れたのだ。その罪はある。神様は見ていたにちがいない。僕には、災いが降りるだろうか。

それでも、あのときは受け入れてしまった。何故なら、彼が生きていることが、僕には本当に嬉しかったからだ。それは、素直にそう感じる。今でも、そう思う。

生きていてくれるだけで良い、とそう思った。

だから、拒否をせず、

だから、追えなかった。

遠くへ無事に逃げてほしい、と思ったかもしれない。

言葉にすると、少しずつ嘘が混ざるような気がする。

本当の気持ちが、どこにあるのか、自分でもよくわからなかった。

6

数日後に、ミラノのランディから連絡があった。僕が会ったのは、ジャンニ・ピッコが親しかった大物のグループではないことがわかった。写真で確認をすることもできた。彼から送られてきた多数の写真の中に、あの鬚の顔を見つけた。それは、新しいグループのナンバ・ツーの男だそうだ。ランディは、「若頭《わかがしら》」と呼んでいたが、どう見ても若くはないと、僕は思う。中規模の組織から分裂した新興勢力で、北部で力を持っているらしい。北部というのは、フランスも含まれるのだろうか。

「つまりですね。ピッコが殺されたことで、その大物は、たぶんリオン・シャレットを追っているはずなんですよ。もしかしたら、殺しても良いという命令が出ているかもしれません」ランディは電話でそう話した。「それで、今回、アンペールさんが会ったというその若頭はですね、対抗勢力なんです。ですから、リオン・シャレットを逃がしたいと考えて、その精神科医が細工をする、そのときに依頼をした相手としては、充分にありえますね。ただ、それにしても、わざわざそのことを知らせてきたというのは、やっぱり、その医者が寝返ったということじゃないでしょうか。もしかしたら、精神科医は殺されているかもしれません。もし、若頭がリオン・シャレットを生きたまま手に入れたら、それは大物に対して、なんらかの交渉材料にもなります。つまり、それなりの価値があるということですね」

複雑でよく理解できなかった。ランディは、若頭とか、大物といった表現を使っていたが、どうやら直接名前を言わないのが習慣らしい。どこで電話をしているのかわからないが、周囲に聞かれたくないからかもしれない。

検事を暗殺したというのが、その大物の方だ。僕が会ったのは、新しい勢力のナンバ・ツー。つまり、ボスでもない。それほど凶暴なグループではなく、今のところ、一般人を殺したことはないのではないか、それはつまり実入りの良い仕事ができているからだ、とランディは語った。僕も、殺されたり、暴力を振るわれたわけではないので、そのとおりかもしれない。むしろ、利用されたのだろう。

ただ、そういった違うグループにまで、この一連の事件が関心事になっている、ということではある。ミラノの刑事ではなく、この僕にアプローチしてきたのは、相当に事情に詳しいということで、同時に、パリの警察か、ミラノの警察の中に、情報を流している者がいる、ということにもなるだろう。

テモアン刑事からも電話があった。カトリーヌ・シャレットに会ってきたことの報告だった。彼女は、リオンが死んだという連絡があった日が、いつだったか思い出せないという。これだけでも、親族として認識されていないことは明らかだった。本当の親族なら遺体を引き取ったはずだし、レンヌへわざわざ出かけていかなかったのも、そういうことなのだろう。これは、事前にテモアンが予想していたとおりだ。リオンが死んだことで、面倒を見なければならない者が減った、というのが彼女の正直なところだと実際に語ったらしい。そういう内容を、綺麗な言葉を並べて説明したそうだ。

ただし、リオンが実は生きている、ということは、まだ彼女には知らせていない。これは非公式な情報だからだ。会ったのは僕一人だし、物証があるわけでもない。リオン本人が現れなければ、リオンの代わりに火葬されたのが誰だったのかを立証しなければならないことにもなる。それは、相当な困難が予想される。遺骨も灰も残っていないのだから、ＤＮＡ鑑定もできない。唯一の方策は、ルネ・スーレイロルを発見することだろう。

ところで、テモアンは、若いクールベを評価していた。

「あれは、なかなかのもんですよ。最初から彼が担当していたら、モントロンの事件は解決していたかもしれません。いや、今からでも、遅くはない」

「なにか、画期的な方策があるのですか？」

「いえ、そんなものはありませんけれどね。とにかく、虱潰《しらみつぶ》しですよ。やらなくちゃいけないことが沢山、ずっとやらずに放置されていたんですから」

何のことだろう、とそのときは思ったが、これはのちに成果を挙げることになる。

また数週間が過ぎた。四月になり、暖かい風を感じる日が増えていた。

パリ市警のクールベは、モントロン事件だけを専門に扱っているわけではない。もっと新しい事件の捜査をしていて、なかなかこの古い事件に手が回らない状況のようだった。けれども、彼はとても勤勉で、時間を見つけては、古い資料を読み、少しずつでも調べを進めているようだ。その一つとして、女優のモントロンに麻薬を売っていたのは、どこかの医者だったらしい、という証言を見つけ出した。その記録が残っていたのである。そして、その証言者に再び会いにいったところ、法廷での証言はしないという約束で、新しい情報が得られた。以前にスーレイロルの医院があった場所にモントロンが通っていた、というのである。これは、その証言者が、その建物の前でばったり彼女に会ったことに基づいている。モントロンは、サングラスとマスクで、顔を隠していた。しかし、乗ってきた車で彼女だとわかった、とそこまで覚えていたという。

この情報は、初めて、このパリの事件とルネ・スーレイロルを結びつけるものだった。スーレイロルは、ミラノへは事件のあとに出向いている。リオンに会うために行ったことになっているが、もしかして、ミラノになにか縁があったのかもしれない。また、フランクフルトの事件では、被害者の手帳にルネの名が記されていた。少なくとも、四つの事件のうち三つに、この精神科医が関わっている可能性が浮上したのである。

さらに半月後、クールベが手を回したこともあって、新たな情報が飛び込んできた。それは、スーレイロルの医院に通っていた一人が、警察に捜索願を出したことが発端だった。

届け出たのは、市内に住む五十代の男性で、彼の妻がスーレイロルの医院へ通っていた。それが突然、医院が閉鎖された。警察に連絡をしたのは、彼がルネ・スーレイロルに、一年分の治療費を前払いしていたためだった。閉鎖を知る一カ月まえに、前払いにしてくれと直接依頼され、そのとおり従ったのだという。昨年も治療を受けていたが、そのときは毎回治療のあとに支払っていた。前払いで一括で支払えば、二割値引きになると持ちかけられたらしい。同様の被害が、ほかにもあるのではないか、警察に調べてもらいたい、と話しているという。

医院を閉鎖することが、計画的なもので、逃走するために資金が必要だったのではないか、とクールベは言った。しかし、ルネ・スーレイロルがそもそもどこに住んでいたのかも、まだわかっていない。被害届が出たことから、金融機関などに連絡をして一部の情報を得ることが可能になった。捜査の進展があるのではないか、と警察は考えているようだった。

偽の死亡診断書を書いたという時点で、犯罪であるから、とっくに手配されているものと僕は考えていたが、死亡診断書に関しては、犯罪性を立証する具体的な証拠がない。僕の証言だけだし、また、情報源にも再現性がない。ルネ・スーレイロルは、これまではまだ正式な捜査の対象ではなかった、ということだ。

この一件の捜索願は、すぐに被害届として再申請され、捜査上の権限を警察にもたらした。そして、この結果、すぐに次の情報が得られた。

ルネ・スーレイロルの銀行口座から支払われることになっていた彼のカードが、海外で使用されたというデータだった。場所は、アジアの島国、台湾だ。

インターポールとして、台湾警察に情報提供を依頼した。行方を探しているフランス人男性ルネ・スーレイロルについてである。また、参考として、リオン・シャレットやザーラ・レッシュについても情報を送った。スーレイロルに同行している可能性があるからだ。

パリ市警は、その後も、ルネ・スーレイロルの足取りを調査し、各方面から情報提供が得られた。カード会社の情報から最近の自宅が割り出され、捜索が行われたが、既に引き払われたあとだった。鑑識がその住居内を調べ、寝室からリオン・シャレットの髪が発見されたときには、クールベも少し興奮した様子で電話をかけてきた。

「やはり、ルネ・スーレイロルは、リオン・シャレットと一緒に逃亡しているんじゃないでしょうか」クールベは、そう言った。

「でも、僕は二カ月まえに彼に会っている。スーレイロルが姿を消したのは、それよりもまえです。一緒にいるとしたら、しばらくフランスにいたことになります。どうでしょう。逃げるなら、すぐに国外へ出るのでは？」

「国外に逃げるとしたら、二人では目立ちますから、別々に行動したのかもしれません。まず、スーレイロルがさきに行って、住むところや、いろいろな段取りをする。そのあと、シャレットを呼ぶ、というわけです」

もっともらしい話ではあった。では、今はリオンも台湾にいるのだろうか。その場合、偽のパスポートなどを使ったことになる。彼は、フランスでは既に死んだ人間なのだ。

そこへ、思いもしないところからの情報が飛び込んできた。フランクフルトのブルッホからの電話だった。

「ザーラ・レッシュを見たという人間が台湾にいます」彼はいきなりそう切り出した。「現在、確認中ですが、複数の書き込みなんです」

「書き込み？」

「ああ、ええ、ネットですよ。ずっと、ザーラ・レッシュについて、検索をかけていたのです。彼女の写真集は世界中で出版されていますからね。でも、正直なところ、アジアまで知れ渡っているとは思いませんでした。本自体は、向こうでは正式に売られていないそうですが、それでも、海賊版が流れていたのでしょう。台北で、ザーラ・レッシュを見たと書いている人が、三人もいるんです。同じ日ですね。えっと、三日まえに書き込まれたものです」

「ルネ・スーレイロルと一緒ということですね」

「おそらくそうでしょう。これは、かなり近づいてきた感じではありませんか。ノイエンドルフを殺したのは、おそらく、スーレイロルでしょう」

「動機は？」

「はっきりとはわかりませんが、ノイエンドルフは、もともとスーレイロルとつき合いがありました。それは、ザーラ・レッシュがドイツに来るまえからです。いえ、たぶん、そう、彼女に新しいモデルを紹介したのが、スーレイロルだったのではないか、と私は考えています。おそらく、その後に、なにか難しいことになったんでしょう。裏切りなのか、嫉妬なのか」

「ノイエンドルフを殺しても、スーレイロルには、何の得もないのでは？」

「パリやミラノのことで、スーレイロルの秘密を握っていたのかもしれません。弱みを握られていたから、口を封じたのではないかと。それとも、ノイエンドルフの方が、それでスーレイロルを強請《ゆす》ったのかもしれません」

「ということは、パリもミラノも、スーレイロルがやったというのですか？」

「ザーラ・レッシュとの関係から、おそらくそうではないでしょうか。ザーラにとっては、彼こそが神だったというわけです」

神というのは、パリの事件のときのリオンの証言だ。そのことをブルッホは言っているのだろう。自分の名前が出たのはこのときだし、僕がこの事件に関わったのも、それが切っ掛けだった。神様が殺した、とリオンは言ったのだ。

では何故、僕の名前を彼はあのとき持ち出したのだろう。僕とスーレイロルには、これといって共通点はないように思える。

この日は、ミラノにもリールにも何度も電話をした。新しい情報が駈け巡った一日だった。僕は、遅くまでオフィスに残って、台湾のことを調べた。もしかして、出向くことになるかもしれない、と考えたからだ。

ルネ・スーレイロルがリオン・シャレットの死亡診断書を書いたことも、なんとなく理解できるようになっていた。彼の認識としては、リオンは警察やマフィアに追われている。海外へ出るにしても、方々に関門がある、と感じたのだろう。だから、リオンが死んだことにした。そうすることで、リオンに対する捜査網を解かせようとしたのだ。自分は、まだそこまで注目はされていないはずだ、という楽観的な予測もあったにちがいない。彼のこの読みは、その時点では的確だった。

しかし、その死亡診断書が偽物であることが早々に発覚してしまった。彼が協力を求めたマフィアが、僕を通じて情報を漏らしたからだ。これは、スーレイロルには誤算であり、それどころか、それを知られたことにさえまだ気づいていないかもしれない。その有利さが、現在の警察にはあるということだ。

したがって、攻めるならば今だろう。現地へ飛び、スーレイロルに直接接触するべきである。

パリ市警は、彼に対する令状を得ることができるだろうか。

しかし、残念ながら、そんなに簡単にはことは運ばなかった。まず、ルネ・スーレイロルを逮捕するには、あまりにも証拠が不充分だ。医院の患者に治療費を前納させたといっても、まだこれから治療をすれば合法である。たまたま旅行に出かけ、医院移転の連絡が遅れただけかもしれない。そう言い訳されれば、それ以上の追及はできない。偽の死亡診断書も、もちろん具体的な証拠はない。マフィアの証言を僕が聞いただけなのである。スーレイロルの自宅の捜索だけは行われたものの、物品を押収することはもちろんできない。家賃が支払われていないため、大家から許可を得て行うことができた。これもぎりぎりの捜査といえる。リオンの毛髪が採取されているが、この捜査が違法であると裁判で指摘される確率は高い、というのが警察自身の予測である。

それでも、あの女優殺人の真犯人が逮捕できるならば、という機運が優先し、警察は無理を押して捜査をした。もっと決定的な証拠品が見つかることを期待したのだが、リオンとの関係が明らかになっても、事件解決に進展はない。リオンは、スーレイロルの患者だった。会ったこともないと証言していたわけではない。

台湾へ出張できると言ったのは、フランクフルトのブルッホだけだった。ネットで情報を見つけたのもこのチームだったし、被害者の手帳にあった名前と同じ人物を追っているのだから、直接的な重要参考人にはまちがいないからだった。もちろん、フランクフルトの事件が最も新しく、予算が使える環境にあることが大きい。

台湾からは、翌日に連絡が入った。現地の警察からの情報で、台北《タイペイ》の高級ホテルに、フランス人のカップルが宿泊しているという。それは、カードが使われた場所とほぼ一致していることもわかった。そして、僕とブルッホは、翌日台湾へ飛ぶことになった。彼はもちろん出張なので公費だったが、僕は休暇を取った。すべて私費である。

ミシェルに急な出張の話をすると、さすがに驚いた。

「台湾？　台湾って、中国じゃないの？　フィリピンの上？」

「よく知っているね。ごめん、どうしても僕が行くしかなかったんだ」

「それはいいけれど、いつまで？」

「うーん、ちょっとわからない。向こうから電話をするよ」

「私も、明後日から出張なんだけど……」

「ああ、そうだったね。日本だったっけ？　そうか、近くだなあ」

と言ったものの、本当に近いのか、よく知らなかった。

「日本で会えたら良いわね。そんな時間、取れない？」

「できるかもしれない」

オフィスには、休暇は五日間で申請した。週末を含めれば、事実上は一週間以上になる。たまたま、急ぎの仕事がなく、簡単に認められた。あまり休暇を取ったことのない人間だから、そちらの方が驚かれた。なにしろ、こんなに長期間休むのは、昨年のスイス旅行以来のことだったし、今の上司では初めてだったのだ。

ブルッホと一緒に行くといっても、落ち合うのは向こうの空港だ。前日の夜に出発して、僕の方が二時間さきに到着し、彼は午後になる。そのまま空港で待つことにした。地元の警察が迎えにきてくれる約束だが、時間はブルッホの到着に合わせてあった。

電話がかかってきた。パリのクールベだった。フランスでは、夜明けまえになる。こんな時刻にかけてきたのは、僕の到着に合わせてのことだから、重要な用件にちがいない。

「良い知らせですか?」と僕は尋ねた。

「うーん、そうですね、私としては、最初は悪い情報だと思ったのですが、そうでもないかもしれません。微妙ですね。でも、明らかな進展なのは確かです。ええ、そうです。やっぱり、進展ですね」

彼の説明は簡単だった。パリのモントロンの事件のときに、殺人現場から採取された証拠品のうち、人体の一部、あるいは体液の可能性があるものについてDNA鑑定をした。これまでにも、もちろん鑑定を行ったものが多々あるが、それよりも範囲を広げて実施したそうだ。クールベとしては、そのどれかがルネ・スーレイロルを指し示すだろう、という目論見《もくろみ》があった。しかし、残念ながら、それはなかった。スーレイロルのものと思われるDNAは、彼の住居や医院の部屋からも採取されているので、それと比較した結果だが、一致するものがなかった。

ところがである。このうち男性のものと考えられる数例を、ミラノとフランクフルトに送ってみたところ、一つのサンプルがいずれでも一致することが判明した。すなわち、三つの都市の殺人現場に、同一の男がいた形跡が証明されたことになる。これは、リールへも送られていて、そちらでも分析を急いでいるらしい。

「ルネ・スーレイロルではないのですね？」

「ええ、違いますね。もちろん、リオン・シャレットでもありません」

「誰なのか、わからないのですか？」

「わかりません。男だということしかわかりません。まあ、そもそも、あの絞殺ができたというだけで、体力的に男性であることは、意見の一致するところではありましたが」

「犯人でしょうか？」

「少なくとも、有力な参考人、あるいは容疑者といえますね」

そのあとすぐに、今度はリールのテモアンから電話がかかってきた。

「もう、台北ですね？」

「ええ、空港でドイツから来るブルッホ刑事を待っているところです。たった今、クールベ刑事から、電話がありましたよ。スーレイロルではなかったみたいですね」

「ええ、ええ、そうなんです。六時間ほどまえに聞きました。こちらでも、証拠品をもう一度再鑑定させます。もしかしたら、フレデリク・シャレットの遺品から採取できるかもしれません。

四つの現場で見つかれば、これはもうまちがいないでしょう」

「でも、たまたまそこにいただけかもしれませんよ」

「モーテルにですか？　ちょっとありえませんね。まあ、出ないかもしれませんからね。大きなことは言えませんけれど」

「でも、誰なんでしょう？　クールベ刑事は、スーレイロルではなかったから、ちょっとがっかりしていましたね」

「いや、これで、切り札が手に入ったわけですから、あとは、そいつを探すだけです。あ、それよりも、そちらでは、どうするおつもりですか？　スーレイロルとシャレットに、もし会えたとして」

「僕は単なる休暇です。仕事で来ているブルッホ刑事に任せます。ですけど、たぶん、話を聞くことしかできないでしょうね。それ以上のことは無理だと思います。できれば、フランスへ一緒に連れて帰りたいところですけれど、きっと同意してはもらえないでしょう」

「是非、連れてきてもらいたいですね。彼らはきっと、警察から逃げているわけではありませんから、身の安全を保障すると言ってやるのが効くかもしれませんよ」

「そうですね。それは僕もそう思います」

「どちらか、一人だけでも良いですから」

「テモアンさんは、ルネ・スーレイロルは、事件に関しては白だとお考えですか？」

「私はね、最初から変わりませんよ。事件の犯人を知っているのは、リオン・シャレットなんです。それを言わないのは、奴がグルだってことですよ。まちがいありません」

第4章

懺悔

Chapter 4: Confession

あゝ！　あたしはとうとうお前の口に口づけしたよ、ヨカナーン、お前の口に口づけしたよ。お前の脣はにがい味がする。血の味なのかい、これは？……いゝえ、さうではなうて、たぶんそれは恋の味なのだよ。恋はにがい味がするとか……でも、それがどうしたのだい？　どうしたといふのだい？　あたしはとうとうお前の口に口づけしたよ、ヨカナーン、お前の口に口づけしたのだよ。

1

パリ市警からの連絡は、飛行機に乗っていたブルッホ刑事にはまだ伝わっていなかった。ロビィに出てきた彼を見つけて、真っ先にその話を伝えた。三つの事件に共通する人物の痕跡が認められたこと、しかし、それはルネ・スーレイロルではなかったこと、その二点である。

客観的に見れば、これは事件捜査における大きな前進といえるものだが、今、台北までスーレイロルを追ってきたブルッホには、やはり落胆の情報にはちがいなかった。彼は、それを聞いて舌打ちし、なにか噛み締めるように小さく頷きながら、遠くを見た。やはり、事前情報もあり、結果に相当期待をしていたようだ。このときブルッホは言わなかったが、今回の台湾出張に間に合うように、クールベが検査を急がせると約束したことを後日聞いた。

「鑑定に間違いがあったかもしれません」

「そうですね。再検査をすることになるでしょう」

「でも、今はそうなると、奴を引っ張ることはできませんね」ブルッホは目前の任務について考えているようだった。

台北警察の二人が出迎えてくれた。一人は男性、もう一人は女性で、どちらも制服姿だった。

女性の方が若く、彼女が英語で話しかけてきた。お互いに自己紹介したあと、彼女たちについてロータリィに出た。そこにもう一人警官が立っていて、黒い車が駐車されている。僕とブルッホは、その車の後部座席に乗り込んだ。

「スーレイロルとレッシュの二人は、ホテルに宿泊しています。ただ、ホテルには、スーレイロルの名前しか出していません。今日は、どこかへ観光に出かけているようです」助手席に乗った女警官が、後ろを振り返って話した。「逮捕されるのですか？　それでしたら、こちらでも手続きをする必要がありますが」

「いえ、逮捕ではありません」僕が話すことにした。ブルッホが目でそう合図したからだ。気落ちしているのか、それとも英語をあまり話したくないのだろう。「あくまでも、事件の参考人です。同行は求めるつもりですが、強制はできません。おそらく、話をするだけになるでしょう。ずっと行方知れずだったので、話ができるだけでも価値があります」

「フランクフルトの事件は、こちらでは報道されていませんでした。ザーラ・レッシュの写真を撮っていたカメラマンだったのですね。私もその事件のことは知りませんでした。パリのモントロン事件と、どのような関係があるのですか？」

「はっきりとしたことは言えないのですが、同一犯の可能性があります」

「そうなんですか。モントロン事件といえば、もうだいぶまえですね。三年くらいになりますか？」

「ええ、ちょうど三年まえの四月です」

この女警官は、よくしゃべった。こうして話しかけることが、歓迎の態度を示す礼儀だと認識しているのだろう。東洋ではそうなのかもしれない。車の運転をしている男性は無言だった。紹介されたところでは、こちらの方が上司だ。英語が話せないので、部下の彼女に任せている、ということらしい。車に乗るときに立っていた警官は、別の車でついてきているのか、後ろを振り返ったがよくわからなかった。空港に配置された警官だったかもしれない。

ホテルに到着した。驚くほどの高層ビルで、車から降りたときに見上げたのだが、最上部は雲に隠れているようにも見えた。建物に入ると、巨大な鉄骨の骨組みが吹抜けの高いところにある。まるでSF映画のようだ。

ロビィにも一人、目つきの鋭い若い男が待っていた。制服ではないが、警察の人間らしい。彼と話したあと、女警官はこちらを向いて、「まだ帰ってきていないそうです」と言った。

「どうしましょうか」僕はブルッホを見た。「ここで待ちますか？」

「そうですね」彼は頷いた。

しかし、女警官がホテルに部屋が取ってあるので、そちらで休んでくれ、ここでの監視は、自分たちがするので問題はない、その方が目立たないので、逃げられることがないのではないか、と提案した。

ロビィはとても広く、非常に大勢の人々がいる。白人も多いが、やはり大半は東洋人だ。たしかに、彼女の言うとおりだろう。向こうがさきに、こちらを見つけた場合、逃げられる可能性が高い。

　僕とブルッホは、ホテルの居室へ案内された。階数は五十よりも大きな数字だった。シングルの続き部屋だ。僕は、部屋に入って、まずミシェルに電話をかけた。無事に到着したことを報告しただけだ。それから、バスルームで顔を洗っていたとき、ノックがあった。

　ドアを開けるとブルッホが通路に立っていて、少し話がしたい、と言った。彼を招き入れて、窓際にあった肘掛《ひじか》け椅子に座って向き合った。小さな低いテーブルがある。

「まえから、機会があったら、一度きこうと思っていたんです」ブルッホは自分の顎を摑みながら話した。悩ましそうに眉を顰めている。

「何ですか?」

「警察に知られたくない、ということでしたら、ここだけの話でもけっこうです。アンペールさんとザーラ・レッシュの関係についてです」

「僕とリオンの関係?」

「私が理解しているのは、先輩と後輩、同じ大学寮で同室だったことがある。それだけです。それ以上のものはありませんか?」

「ええ、ありません」

「親友とは、おっしゃらなかった」

「友人ではありません。でも、親しいわけではない。ほとんど会ったことがない。たとえば、卒業して会ったのは、パリの事件のあとと、それから、フランクフルトのときだけです。ああ、そうだ、最近、一度、僕のオフィスに来ました。それは、話しましたね？」

「ええ。聞きました。つまり、三回ですか？」

「そうです」

「その三回だけ？」

「ええ」

「そうなると、フランクフルトでの、あの夜というのは、かなり特別な時間だったことになりますね」

「特別な時間？　どういう意味ですか？」

「八時頃に会われて、そのまま朝の七時でしたか、約十一時間、一緒にいたことになります」

「いや、それは少し違います。僕が覚えているのは、十時半頃までです。そこで眠ってしまったんです。ですから、リオンはすぐに出ていったかもしれない」

「なにも、覚えていらっしゃらないのですか？」

「はい。そう話したと思います。酒に酔ったというよりは、なにか薬を飲まされたのではないかと自分では考えています。これも、そのとおり話しましたね？」

「ええ、聞きました。でも、話しにくい内容もあったのではないかと思うんですが、いかがですか?」

「話しにくいことなんて、なにも……」

「彼は、また、アンペールさんのところへ現れました。まるで、貴方をいつも見張っているかのようです。つき纏《まと》っているかのようです。そうではありませんか? 客観的に見て、そう観察されるということです。たとえば、貴方にはなにもなくても、彼は、貴方のことをどう思っているでしょうか? 告白されたことはありませんか?」

「告白?」

「もし、失礼だったら、そう言って下さい。私は、そういったことに偏見を持っているかもしれませんが、今は、すべて棚上げにして、おききしているのです。そういった可能性はありませんか? パリの事件で、神様の名はレナルド・アンペールだと証言したとありました。神様が殺してくれた、とも話している。学生の頃にも、親しい間柄ではなかった。ほとんど話をしたことがない。卒業以来、一度も会っていないのに、あのとき、彼は貴方の名前を口にしたのです。たとえば、貴方は、リオン・シャレットという名を、すぐに思い出しましたか?」

「そりゃあ、名前くらいは覚えていますよ。ルームメイトだった後輩ですから」

「特別では、なかったと?」

「ええ、特別な間柄ではありません。でも、そうですね……」僕は言葉を探した。「彼は、見ればわかると思いますが、たぶん誰もが特別に感じるでしょう。外見が特別だからです。一度見れば、忘れられない容姿をしている。そうは思いませんか?」

「そうですね、あれが女性だったら、それほど驚きませんが、男にしては、驚くほど特別ですね」

「であれば、覚えていても、おかしくないのでは?」

「おかしいと言っているわけではないのです。すみません。えっと、そうですか、わかりました。でも、やはり、リオン・シャレットがどう思っているのかは、もう少しなにか、アンペールさんの見解があるのでは?」

「僕の見解と言われても……」

「たとえば、リオン・シャレットは、普通は男女のどちらを相手にするのですか? 今は、ルネ・スーレイロルと一緒にこんな遠くまで来ているわけです。明らかに、二人はカップルですよね」

「僕には、わかりません。イザベル・モントロンも、ジャンニ・ピッコも、二人ともリオンを寝室に入れて、しかも、リオンの証言によれば、彼の手首を縛った。殺されたのはそのあとです。モントロンは女だし、ピッコは男です」

「そう、リールのフレデリク・シャレットは男で、フランクフルトのエジー・ノイエンドルフは女でした。男、女、男、女の順で殺されているわけです。こういうのは、この種の連続殺人としては、非常に異例だと思います。普通は、だいたい殺す相手というものは、殺人者の好みの人間であって、好みという以前に、普通は性別は決まっているものです」

「それについては、僕も同意見です」

「おそらく、リオン・シャレットは、男にも女にもなれる、ということでしょうね。どちらも相手にできる」

「でも、たとえば、ノイエンドルフは、リオンとそんな関係にあったかどうか、わからないのでは？　単なる仕事だけの関係だったのではないでしょうか？」

「それだったら、殺されなかったと思いますよ」

「どうしてですか？」

「いえ、私の個人的な感想です。証拠があって言っているわけではありません。とにかく、リオン・シャレットなのか、ザーラ・レッシュなのか、どうも一人の人物として認識しがたいところがありますね」

ブルッホが言いたいことは、だいたい理解できた。しかし、事件に共通するＤＮＡは、男性のものだ。ブルッホが思い描いているストーリィは、その男が真犯人であり、彼はリオンの愛人でもある。そして、リオンとつき合いがあった有名人をつぎつぎに手にかけた。もしかしたら、最初のフレデリク・シャレットもそうかもしれない。あの大富豪は、オルガ・ブロンデルとはなんらかの関係があった。その息子のリオンと関係を持つとは考えにくいが、これも断定はできない。世の中にはいろいろなタイプの人間がいる。普通に認識されているよりも、人間はずっと自由なのだから。

ブルッホは、その殺人者がルネ・スーレイロルだと信じていただろう。鑑定自体に間違いがあったかもしれない、とまで言った。

彼が僕にききたかったのは、リオンが本当はどちらを相手にするのか、ということだった。特に、フランクフルトでは、比較的若い女性、ノイエンドルフが殺されている。彼女は、ルネ・スーレイロルと交遊があった。そのスーレイロルが、嫉妬して彼女を殺したのなら、リオンをノイエンドルフが奪おうとしたということになる。あるいは、スーレイロルは今やリオンに傾き、古い愛人ノイエンドルフとの縁を切ろうとして、その別れ話が拗れたのか。そんなふうに彼は考えたのだ。男女が入り乱れ、どの方向に愛憎が向いているのか、外側からでは非常に見極めにくい。少しでも整理がしたかったのだろう。

僕は、彼に全部を打ち明けられなかった。

僕とリオンの関係は、僕が主張した言葉ほど潔白ではない。たぶん、そうだろう。身に覚えがないといえば、そのとおりだが、しかし、完全に否定することはできない。それを知っているのは、リオン・シャレットただ一人だ。

2

部屋の電話が鳴り、聞き覚えのある女性の声を聞いた。内容はすぐにわかった。

「現れたようです。下りてきてくれと」

ブルッホは無言で頷き、立ち上がった。

僕たちは部屋を出て、エレベータに乗った。地上から二百メートル以上の高さにいたので、到着に時間がかかった。ロビィへ出ていくと、フロントのカウンタの近くで、あの女警官が待っていた。こちらを見て片手を挙げた。

「さきほど、ホテルに入ってきたので、ここの奥の部屋まで、連行しました」

「二人ともですか？」

「いえ、男性一人だけです」

「では、見張りを続けて下さい。ザーラ・レッシュも来るでしょう」

「はい、そのつもりです」

カウンタの横から、スタッフ・オンリィのドアを開け、通路を進むと、警官が立っていて、こちらの部屋だ、と片手で導いた。従業員が使う会議室のような部屋だった。

折畳み式の簡素なテーブルと椅子が並んでいる。窓はなく、家具もない。ホワイトボードと、壁にある時計だけが例外だった。そこにいたのは、ルネ・スーレイロル一人。彼は椅子に腰掛けていた。テーブルの上に紙袋が二つ置かれている。買い物をして帰ってきたところらしい。

「おやおや、貴方でしたか」僕の顔を見て、スーレイロルは立ち上がった。「何事ですか、いったい？」

「スーレイロルさん、こちらは、ドイツ警察のブルッホ刑事です」

「お急ぎのところ、大変申し訳ありません。少しだけお話を伺いたいのです。よろしいですか？」ブルッホはジェントルな口調できいた。

「ええ、かまいませんよ」

「お一人ですか？」

「ええ」まったく躊躇《ちゅうちょ》なく、スーレイロルは頷いた。

「どなたかと、一緒にこのホテルに泊まられているのでは？」

「いいえ、一人です」

「しかし、女性が一緒だったと……」

「誰かがそう言ったんですか？ ホテルの従業員？ それは、職業倫理に反しますね。まったく、なってない」スーレイロルは、しかし笑顔だった。冗談か軽い愚痴のように言った。「ええ、こちらで知合った女性です。えっと、一昨日《おととい》かな。あまりに金がかかるんで、今朝で終わりにしましたけど」

「では、一人で旅行をされているのですか？　どうしてですか？」

「そうです」

「突然、クリニックを閉鎖されたのは、どうしてですか？」

「突然ではありません。しばらく休もうと思っただけです。いけませんか？」

「けっこうなことだと思いますが、でも、パリでは被害届が出ているようです」ブルッホはそう言いながら、僕の方を見た。

「治療費を前払いで受け取ったと聞きました」僕はつけ加えた。

「被害届？　ああ、連絡ができなかったクライアントは、たしかにいます。電話をしても不在だったりしてね。ええ、わかりました。もう一度連絡をしておきましょう。もちろん、パリに帰ったら、ちゃんと治療はします。被害届とは、大袈裟というか、気の短いことですね。誰ですか？」

「僕は警察ではないので」と片手を広げる。

「フランクフルトには、いらっしゃったことはありますか？」ブルッホが尋ねた。

「ありますよ」スーレイロルは頷く。幾分、緊張した顔になった。

「エジー・ノイエンドルフをご存じですか？」

「知っています」

「会ったことは？」

「それは、ここでは言えません」

「どうして言えないのですか？」

「職業倫理に反します」

「それは、仕事で会った、という意味ですか？」

「仕事以外では、会いませんね。それはお答えできます」

「どうして、彼女のことをご存じなのですか？　いえ、どうして、彼女が貴方を知ったのか、とおききした方が良いでしょうか？」

「私のクライアントの誰かから、彼女が聞いたのではないでしょうか。これは、私の単なる想像です」

「そのクライアントというのは、ザーラ・レッシュですか？」

「残念ながら、刑事さん、お答えできません。そういった情報はですね、手続きをしていただかないといけないんです。職業上、なんでもぺらぺらと話すわけにはいかない」

「ザーラ・レッシュと会ったことはありますね？」

「それは、こちらの人がよくご存じです」スーレイロルは僕を目で示す。

このほかにも、ブルッホは幾つも質問をぶつけたが、だんだん投げやりになっていくように、僕には感じられた。彼は大きく溜息をついて、自分の不満を参考人にぶつけるしかなかった。

「台湾で、ザーラ・レッシュを見た、という人がいるのですが」ブルッホは言った。

「それはないでしょう。見間違いですよ」スーレイロルは即座に否定した。

「どうしてですか？」

「その人は、亡くなったからです」スーレイロルは、そう答えると、また僕を見た。

「亡くなった？」僕はきき直した。

「ええ、病気をこじらせたようで。えっと、もう四カ月くらいまえになりますか」

「どうして、それをご存じなのですか？」僕は尋ねた。

「私が、診断をしたからです。残念なことでした。ご実家へも連絡をいたしました」

「リオンは、どこで死んだのですか？」僕はきいた。

「レンヌです」

「スーレイロルさんは、レンヌへ行かれたのですか？」

「はい」

「どうして、警察に知らせなかったのですか？」

「えっと、知らせなければならないことでしょうか？　私は、そのようには認識していませんでしたが」

いつの間にか、フランス語で話をしていたので、今のやりとりを、ブルッホに英語で説明した。

ブルッホは、部屋を出ようとする。僕にも部屋を出るように、目で促した。通路に出ると、小声で彼はこう言った。

「ザーラ・レッシュの死亡診断書については、認めたことになりますね。つまり、ザーラ本人が見つかれば、言い逃れができない。そうなれば、引っ張ることができます。公文書を偽造した疑いで、逮捕もできる。パリへ連絡をしてもらえませんか。えっと、クールベ刑事に」

「そうですね、わかりました」

ブルッホは、また一人で部屋に入っていった。もう少し問い詰めたい話があるのだろう。僕はパリのクールベへ電話をかけた。

しかし、その後、数時間が経過しても、ホテルにザーラ・レッシュらしき女性は現れなかった。もちろん、男装している可能性もあるので、その点は、台北の警官にもよく説明しておいた。ルネ・スーレイロルは解放され、自分の部屋へ戻った。彼の部屋に通じる通路には、警官を二人つけて監視をさせた。

深夜になったが、やはりザーラこと、リオン・シャレットは現れず、結局翌朝まで事態は変わらなかった。

朝、スーレイロルに再び会ったが、彼はふっと息を漏らして、僕にこう囁いた。

「皆さん、ゴーストを待っているのですか？」

3

ルネ・スーレイロルは、美術館と博物館へ行くと言って、出かけていった。もちろん、台北警察が尾行をしている。数時間後にホテルに戻ってきて、その後、夕方になっても動きはなかった。ブルッホは、フランクフルトと連絡を取っていたが、ザーラ・レッシュの目撃情報は、その後はネット上には出現していないそうだ。彼は、このまま何事もなければ、明日にもドイツへ戻る、と僕に言った。

部屋に一人でいるときに、テモアンと電話で話をした。昨夜までのことは、クールベに電話で知らせてあったので、テモアンにもだいたいの情報は伝わっていた。四人の刑事のコネクションはなかなかのものだ、と僕は感じた。

「ちょっと、奇妙なものにぶつかりましたよ」という言葉で、テモアンは話を始めた。「DNA鑑定のことで、今日、パリの国立研究所へ直接試料を運んだんです。私が自らですよ。使える人間がいないもんですからね。どうしてこんなことまでしなけりゃならんのかって、ぶつぶつ言いながらだったんですけど、これが、まあ、神様もちゃんと見ていて下さったんでしょうね。とんだプレゼントがありました」

ほかの三つの事件の遺留品の再調査から、共通する人物のＤＮＡが見つかったこともあって、リールのモーテルであった最も古い事件についても、警察に保存されている遺留品の再検査が行われることになった。その関係だろう。

「そこの職員と話をしていましてね、こういうのを刑事が持ってくるのは珍しい、普通は鑑識課の人間が来る、つい最近も、パリ市警から大量に来ましたって、そんな世間話をしたんです。だから、その同じ事件で私も来たんだって、話が弾みまして。ええ、大学生みたいな若い職員なんですがね。ああ、間違えないで下さいよ。女性じゃありません。それでですね、えっと、パリ市警に結果を報告したあと、この研究所のデータベースに、そのＤＮＡ鑑定の結果が記録されるんですが、整理というのは、コンピュータが勝手に、自動的にやるんだそうです。今や、何箇所かで検査をしていますし、相互にデータのやり取りもする仕組みになっているんだそうです。まあ、膨大な量でしょうね。で、その結果、また似たものが見つかったんです。似たものっていうのは、データの数値が非常に近いもの、という意味です。そうなると、必要であれば再検査をしなくちゃいけないルールになっていて、よく調べてみたところ、それは、民間人が持ち込んだものだって言うんですよ。民間人でも、もちろん、金を出せば、簡単な手続きで検査はできます。たとえば、裁判の関係だとか、浮気の調査だとか、誰の子供なんだとか、そんなケースですよ。弁護士とかが多いようですけれどね。で、その持ち込んできたのが、誰だと思いますか？」

「誰なんですか？」

「パリの精神科医ですよ」

「え?」

「ルネ・スーレイロルです。なんでも、最初は大学へ行ったらしいんですが、こちらを紹介されてきたようです」

「ちょっと待って下さい、どういうことですか?」

「つまりですね。例の三つの事件に共通する人物のデータとほぼ一致するDNAを、スーレイロル先生がここへ持ち込んだ、ということです」

「何のために?」

「是非、それを問《と》い質《ただ》していただけませんか?」

「ああ……、そうですね、ええ」

「だから、急いで電話をしたというわけです。あの先生は、その人物を知っている、その人物のDNAを持ってきたんですから」

「何を持ってきたんですか? それはわからないのですか?」

「体液ですよ。男だけのね」

「男だけの?」

「そうです。これは、ちょっとした証拠ですよ。充分に相手をびびらせることができるはずです」

「テモアンさんが、こちらへ来てくれると心強いですけどね……。僕じゃあ、ちょっと、貫禄不足かもしれません」

「なに弱気言ってるんですか。うん、まあ、奴が犯人というわけではないんですから、落ち着いて。ゆったりとかまえて。ね、お願いしますよ」

「はい、わかりました」

「リールの結果が出るのは、また何日かあとになります。私は、こちらでも出てくると思っています。犯人は、少なくとも四人殺しているです。地の果てまで追ってでも、捕まえないとね」

受話器を置いて、気持ちの整理と、情報の復習をしているところへ、また電話が鳴った。たぶん、ブルッホが夕食を誘う電話だろうと思って出たが、そうではなかった。

「アンペールさんですか、スーレイロルです。こちらのあの女の警官ね、彼女に部屋の番号を聞いてかけています」

「何でしょうか?」

「ちょっと、二人だけで話がしたいんです。一緒に、食事をしませんか?」

「あ、ええ……、はい」

「ドイツ人には、来てほしくないんです。上の方に、フランス料理のレストランがありますから、そこで」

「わかりました。一人でいきます」

ブルッホには、そのとおり正直に話しておいた。それから、台湾の警察にも知らせておいた。

最上階に近いフロアに、高級な店が幾つかある。そのうちの一つだった。

大きなガラスの外は、夜景のパノラマで、しかもはるか下方、もの凄く小さい細かい光の集積だった。綺麗というよりは、あまりにも人工、あまりにも作り物っぽい。一番連想されたのは、LSI、つまり集積回路だった。

ルネ・スーレイロルは、既にテーブルで待っていた。僕を見て、軽く片手を広げてみせた。ウェィタが引いてくれた椅子に腰掛ける。飲みものを注文した。スーレイロルはビールを、僕は炭酸水にした。

「なにか、教えてもらえるんですか?」僕は尋ねた。

「ええ、そうです。それに、一人で食事をするには……」

「何ですか?」

「ちょっと値段が高すぎる」スーレイロルは微笑んだ。

「昨日までは、美女と一緒だったのでは?」

「それは、料理よりも高すぎる」

冗談を言っているわりには、彼の表情は硬い。暗い照明のせいばかりではないだろう。明らかに、今までで最も緊張している、そんな顔だった。

「どんなお話ですか?」

「飲みものが来てからにしましょう」

ビールとペリエはすぐに運ばれてきた。食事は、シェフのお任せのコースにした。僕は、選ぶ気にもなれなかった。彼が何を話すのか、それに集中したかった。なにか、とても大事なことが語られるような予感がしたのだ。彼の顔に、それが表れている。この環境も相応《ふさわ》しい。店内に客は少なく、どちら側も、隣のテーブルは無人。店員は、洗練された動作で、滑らかに動く。音楽は流れていない。高価な静けさがあった。

「アンペールさんは、昨日、私がリオンが死んだと話したとき、驚かれませんでしたね」スーレイロルは、優しげな静かな口調で言った。それはまさに、カウンセリングをするときの医師のものだった。

僕は黙っていた。ただ、彼の目をじっと見つめたまま。どう答えようかと考えていたし、どう答えても、見抜かれるなとも思った。

「リオンが生きていることを、貴方は知っている。リオンに会ったからです」スーレイロルはそう言いながら、グラスに口をつけ、一気に半分ほど飲んだ。

僕は黙って待った。なんて答えて良いのかわからない。リオンは、僕と会ったことを、スーレイロルに話したのだろうか。おそらく、スーレイロルは知っているのだ。

「もちろん、私も、知っています。死亡診断書を書きましたが、あれは偽物です。これは、もう、警察は突き止めたでしょうか？」

これも困った。答えるのは難しい。

「どうして黙っているんですか？　私は、誠意を持って正直に話しているんです」

「お答えできません。僕は、警察ではありませんから」

「まあ、いいでしょう。貴方は、真面目な方だ。私が、あの偽の診断書を書いたのは、リオンを守るためでした。それは、警察からではない。だから、警察が知っても、影響はありません。ただ、警察が知れば、そのうち、向こうにも伝わるでしょう。警察の中に、そういうルートを持っているからです」

「マフィアがですか？」

「そうです。奴らは、リオンを見つけて、殺そうとしています。それで、私は、彼を守るために、こんなところまできてしまった。人生というのは、わからないものですね。こんな、映画みたいな逃避行になるとは、思ってもみませんでした」

「火葬された偽の死体は、誰だったのですか？」

「それは、私は知りません。申し訳ないと思っています。二十代か三十代の男性でした。リオンとはまったく似ていません。誰も霊安室を見なくて助かりました。ちょっとした伝手《つて》で、死体を融通してもらったのです。外傷はなく、病死であることは、たぶんまちがいありません。保証はできませんけれど」

　それを融通したのが、また別のマフィアだったわけだ。しかし、僕が会って直接聞いたということは話さない方が良いだろう。黙って彼を見据え、話を聞いた。でも、どうしてこんなことをスーレイロルは話すのだろう、という疑問はだんだん大きくなっていった。

「食事のまえにするような話ではありませんね」スーレイロルは両手を広げてみせた。ちょうど、前菜が運ばれてくるのが見えた。「あとは、食事後にしましょうか」

その後は、ガラス越しの風景を眺めながら、静かに食事をした。淡々とした、まったく無関係の話も断片的にあった。それは、台北で彼が見たこと。それから、買ったもの。僕は興味を引かれなかったし、彼も、自分のしている話が面白いとは思っていないようだった。

また、スーレイロルは、僕に沢山の質問をした。病気はしないか、仕事のストレスはないか、家庭は円満かと。そのどれにも、僕は適当に返事をした。早く食事を終えて、彼の口から語られる話の続きが聞きたかった。

ようやく、デザートの皿も片づけられた。僕はコーヒーを、彼はまだビールを飲んでいた。まったく酔わないようだ。顔色にも口調にも変化はない。ただ、目が少し充血しているように見えた。それは、アルコールのせいというよりは、旅の疲れなのか、もっと重大な問題を抱えているためなのか……。

「それはそれとして、ええ、では、大事なことをお話ししましょうか」彼は、ごく普通の口調で話題を戻した。「とにかく、リオンを死んだことにして、ひとまずは追っ手を遠ざけました。そうでもしないと、とても国外に出すことはできなかったでしょう。どこに監視の目があるかわかりません」

「では、やはり、リオンもこちらへ来ているのですね？」

「それは、お答えしないことにします。申し訳ない、これでイーブンです」

「何故、マフィアは、リオンを殺そうとするのですか？　ジャンニ・ピッコが殺されたからですか？　でも、殺したのは、リオンじゃない」

「ええ、誰が殺したのかは、誰も知らない。知っているのは、リオンだけでしょう。私にも言いません。マフィアのボスは、ただ、リオンが自分から離れていったことを、裏切りだと捉えているのです。諺《ことわざ》にもあるでしょう？　最大の憎悪は最大の愛情から生まれるって」

「リオンが生きていることが、僕は重要だと考えています」これは正直な気持ちだった。それに、多少は信頼していることを示した方が良いとも思った。「ですから、その点では、スーレイロル先生に感謝をしなければなりませんね」

「ありがとう。私も、これで人生を棒に振るかもしれません。いや、もう完全にそうなっているかな……。そう、このまま、地獄の果てまで行くしかないでしょう。だから、アンペールさん、貴方に会えたこの機会に、話しておきたいことがあるんです」

「警察に保護してもらうのが、一番安全なのでは？　今からお話しになることも、警察に直接言っては、いかがでしょう？　こんなところで、僕一人というのは……」

「警察には言えないことです。リオンも、私も、いつ殺されるかわかりません。警察が守ってくれるなんて、それはありえませんよ。警察の中にも、連中の仲間が沢山います。危ないことには変わりない。だから、アンペールさん、私の遺言だと思って、聞いていただきたいのです」

僕は黙って頷いた。

「これを差し上げます」スーレイロルは、ポケットから小さなものを取り出して、僕の前に置いた。「これを貴方に託すことにしました」

「何ですか？　これは」

二つあった。まず、一つを手に取ってじっくりと見た。小さなガラスのサンプルケースのようだ。カプセルといっても良いほど小さく、指の先ほどの大きさだった。蓋があって、中には白濁した液体状のものが少量入っている。小さなラベルが貼ってあり、Ｐと記されている。また西暦の年月日らしき数字もあった。それはパリの事件の日付だとすぐわかった。もう一方も手にしたが、容器も中身もほぼ同じに見える。こちらは、Ｍとあり、やはり数字が書かれていた。それは、ミラノの事件の日付である。

「それは、私が二つの事件現場で採取したサンプルです。それのＤＮＡ鑑定をしてもらいました。どちらも同一人物のものです」

もちろん震えるほど驚いた。夕方に、テモアンから聞いたばかりのことだったからだ。この話を持ち出さなければならないな、と考えていたのだが、あっさりとスーレイロルの方から、それが飛び込んできた。思いもしないことで、頭が混乱する。

「現場で採取した、と言われましたね？　殺人現場のことですか？」

「ええ、そう思ってもらってかまいません」

「どういうことですか？　先生が現場にいた、とおっしゃっているのですか？」

もしそうならば、これは自白なのか、と一瞬考えてしまった。

「私は、殺人現場には行っていない。そんなところへは行けませんよ。そうじゃないんです。警察が見過ごした、重要な証拠品があったんです」

「何のことを、おっしゃっているのか……」

「リオンです。私は、パリのときも、ミラノのときも、事件の直後、あるいは翌日に、リオンを診察しているんです。その二つのサンプルは、いずれも、リオンの躰から採取したものです」

「え？」

「どうして、警察がリオンをもっと丁寧に扱わなかったのか、私は不思議でなりませんね。まったく、なってない。まあ、イタリアの場合はしかたがないかもしれないが、優秀なフランス警察が、こんなミスをするとはね。そのときの担当刑事の顔を覚えていますよ。もう年寄りでね、とにかく、汚いものを見るように、リオンに軽蔑の眼差しを向けていました。今でもよく覚えています」

それは、最初にテモアンと一緒に来た、あの大柄の老刑事のことだな、と僕は思い出した。少し古いタイプだったのかもしれない。リオンのような人種は受け入れ難かったのだろう。それでも、たしかに、証拠としてはきちんと調べるべきだった。それはまちがいない。スーレイロルの言うとおりだ。

「おそらく、これらが、二つの事件の犯人を指し示すでしょう。鑑定結果の詳細なデータは、私の貸金庫にあります。もちろん、これをもう一度調べ直してもらっても同じです。証言できるのは、私とリオンの二人だけです。そのときに生きていれば、ですけれど」

「誰なんですか？　これは」僕はサンプルを指で示した。

「さあ、そこまでは、私も知らない。警察に、照会してもらうしかありません」

「リオンは知っていますか？」

「ええ、たぶん、知っているでしょう」

「どうして、彼は言わないんですか？」

「怖いからでしょうね」

「怖い？　そんなに怖れているのですか？」

「それが、彼の神だからです」

4

翌日、僕は、ルネ・スーレイロルを空港まで送った。彼は、日本への飛行機に乗る、と言った。行き先を言いだしたのは朝になってからだった。

「とにかく、今はできるだけ遠くへ行きたいだけですよ。何から逃げているのか、自分でもわからなくなるくらい遠くへね」彼はそう言った。

台北の警察も、それにブルッホも、僕たち二人を尾行している。そのことは、スーレイロルも承知していた。

「昨日いただいた、あの二つのサンプルは、警察に渡しても良いですね?」僕は確認した。

「かまいません。でも、たぶん、信じてもらえないでしょう。単なる捏造《ねつぞう》の証拠品だと言われるだけです」

「そんなことはないと思いますが」

「だけど、私が殺されれば、少しは信じてもらえるかもしれない。そう言っていたと、話してもらってもけっこうです」

スーレイロルは、三つの殺人現場の遺留品から共通のDNA鑑定結果が出ていることは知らない。それは彼には話していない。もし、スーレイロルのサンプルがそれに一致するようなことがあれば、これはもう偶然とか、捏造とはいえないだろう。

「リオンはどこにいるのですか？」僕は最後にその質問を彼にした。「どうしても、教えてもらえないのですか？」

ルネ・スーレイロルは、僕の顔を見据えて、なにか言いかけたが、結局言葉は出てこなかった。彼は知っているようだ。しかし、言わない方が良いというぎりぎりの判断をした。そんなふうに見えた。

搭乗口で彼を見送った。スーレイロルは一人で、そこへ入っていった。僕は、周囲を見回した。マフィアの目が、こんなところにまで及んでいるだろうか、と思った。

やがて、ブルッホが姿を見せたので、僕はそちらへ歩いた。もう少し離れたところに、台北の女警官も立っていた。彼女が目で合図をしたようだったので、僕たちはそちらへ向かって歩いた。

ロータリィへ出たところで、彼女の車が待っていた。最初の日に空港へ迎えにきてくれた同じ車だった。その後部座席に、僕とブルッホは乗り込んだ。

「これから、どうされますか？」助手席に座った女警官がきいた。

「私は、フランクフルトへ帰ります」ブルッホが即答した。「お世話になりました。また、なにか情報があったら、教えて下さい。こちらからも、事件の進展があれば、ご連絡します」

「今朝までには、ザーラ・レッシュの新しい情報は入っていません」彼女は言った。「この国にいるでしょうか？　いれば、目立つと思いますから、見つかる可能性は高いかと」

「そうですね、ネットの監視は、うちでも常にしています」ブルッホは頷いた。それから、僕の方を向いてきいた。「アンペールさんも、帰られますか？」

「僕は、休暇を取っているので、ちょっと観光していきます」

台北の警察とは、そこで別れた。僕とブルッホは再び空港ビルのロビィを歩いた。ブルッホがチケットを取るためにカウンタに行っている間、僕は電話でミシェルと話していた。彼女は昨日から日本にいるのだ。

「じゃあ、そちらへ行こうかな。仕事の邪魔にならない？」

「貴方が私の邪魔になったことなんてある？　少しくらい邪魔をしてほしい」

調べてみると、午後に東京へ飛ぶ便が二本あった。

ブルッホが戻ってきて、一緒にカフェに入った。僕が、これから日本へ行くと話すと、彼は驚いた顔でこちらを見た。

「いえ、スーレイロルを追うわけではありません。単なる観光です。行ったことがないから」

「私も、日本は行ったことないですね」ブルッホは言った。

「一つ、渡したいものがあります」僕は、ポケットから二つのサンプルを取り出した。

昨夜、ルネ・スーレイロルが語ったことをだいたい、そのまま説明した。彼から預かったサンプルの意味についても。これは、考えてみたら驚くべき証言だったといえるだろう。ブルッホも目を見開いて、驚きを隠せなかった。

「わかりました。すぐに調べてみます」

「パリやミラノにも知らせておいて下さい。本来は、向こうに渡すべきものかもしれませんし、僕が直接連絡するのが本当ですが、なんだか、ちょっと数日は仕事から離れたくなりました」

「了解しました」ブルッホは頷いた。「日本のどこへ行かれるのですか?」

「はっきりとは決めていません」

「ちゃんと帰ってきて下さいよ」

彼のその言葉に、僕は少し驚いた。

「大丈夫です。ありがとう」

おそらく、僕がよほど疲れているように見えたのだろう。

彼に、仕事から離れたい、と言ったことは、本心だった。ルネ・スーレイロルと話したこと、そして、彼の去っていった姿を見届けたことで、この一連の事件が、僕の中で一段落したように感じられた。どうしてなのか、はっきりとはわからない。否、わかってはいるけれど、それを言葉にできないように感じた。

張りつめていたものがあって、今もそれは自分の中にある。

でも、少しそれから離れた方が良いように、本能的に感じたのだ。

もしかしたら、なにかの危険を予感していたのかもしれない。

ブルッホの言葉に込められた真意は、聞いたときには深く考えなかった。単に、心配してくれているのだと勘違いした。けれど、少しあとになって理解できた。彼は、僕のことをまだ疑っているのだ。この一連の事件の殺人犯が僕なのではないかという考えが彼には最初からあった。フランクフルトでの僕の行動は、たしかに不審に思われてもしかたがない。僕には、しっかりとしたアリバイがない。リオンとも、古くからの知合いだ。

そうか、疑われてもしかたないな、と思うと同時に、何故か笑えてきた。

もし、そのとおりだったら、なにも悩むことはない。

僕は、リオンを愛していて、彼に近づく奴らを排除した。それがこの一連の事件の真相というわけだ。

たとえば、僕は、無意識に殺害を実行しているのではないか。覚えていないだけで、この手で、人の首を絞めたのではないか。そう思って自分の手を実際に見つめてしまった。もし、そうなら、僕のDNAと比較すれば、簡単に判明するだろう。それが一致していたら、いくら否定しても、身の潔白を証明できない。

逆に、僕がいくら自分が犯人だと主張しても、証拠がなければ、誰も信じてくれない。なんとなく、自分が犯人になれないことが悔しいようにさえ思えるのだった。

何故だろう?

もっと、リオンにとって、自分は特別な存在でいたかった、と望んでいたのだろうか。きっとそうにちがいない。

ブルッホを見送ってから、自分が乗る飛行機のチケットを購入した。空席があって、あっさり時間の近い方を買うことができた。それでも、まだ三時間も余裕がある。

時間を潰すために空港の売店を見て歩いているうちに、テモアン刑事から電話がかかってきた。

昨日のことを彼にも説明した。スーレイロルから、サンプルを受け取って、それをブルッホに渡したことが最も重要な事項だった。テモアンが昨日電話してきたことを、スーレイロルに対して追及するまでもなく、むしろそれを裏付ける証拠品を提出された形である。

「ということは、それも、同一人物のDNAだということですね」テモアンは言った。「もちろん、確認してみないとわかりませんが、その確率が高い。しかし、どういうことでしょう？　リオン・シャレットの躰に付着していたということですか？　殺人者は、リオンになにかしたというのですか？」

「詳しいことは、その、資料に書いてあって、それが金庫にあると言っていましたね。でも、今は見られない。遺書のようなものだってことですね」

「なるほど、やっぱり、そいつが神なんですね」テモアンはそう言って、舌打ちをしたようだ。

しばらく沈黙が続いた。

「僕は、数日休養しようと思っています。すぐには帰国しません。こちらで、観光をしていこうと……」

「そうですか。ゆっくり休んで下さい」

「ありがとう」

「その間に、事件が解決するかもしれませんよ。なんか、ええ、佳境《かきよう》に入ってきたなって、感じるんです。こういうときの勘は、だいたい当たるんですよ」

「そうなれば良いですね」

しかし、その問題のＤＮＡが、どこの誰なのか、まだわかっていない。男性だということしか、わからない。警察にデータが残っているような人物ならば、判明するかもしれないが、その人物を見つけ出すことが困難な場合もある。たとえば、マフィアの関係者ならば、そうなるだろう。また、それよりもずっと大勢の一般人は、そもそもＤＮＡ鑑定など受けたことがない。その場合、そこで捜査はストップすることになる。その可能性が高いのではないか、と僕は悲観的に考えていた。

空港内の書店で、僕はザーラ・レッシュの写真集を見つけた。ドイツ語版だった。フランス語版は、テモアンにもらったものがオフィスに一冊置いてある。中を見たところ、まったく同じレイアウトだった。文字がドイツ語なのが違うだけだ。でも、購入することにした。

結局、空港ビルから出ることなく、時間を消費して、僕は飛行機に乗った。座席は半分ほどしか埋まっていない。隣もいなかった。

僕は、買ったばかりの写真集を広げて、眺めていた。ザーラ・レッシュというよりは、僕にとっては、リオン・シャレットだ。上手く性別がわからないように撮影されているけれど、知っている者が見れば、女性ではない。ただし、女性以上に美しく、妖艶だった。メイクもそれぞれ微妙に違っている。ほとんど化粧をしていないものもあった。それは、まさに僕が知っているリオンそのままだった。

彼の魅力が、でも、この写真集に表れているとは、僕には思えない。これは、ほんの一部、ほんの一面だろう。彼にはもっと奥行きがあるし、その仕草、その動き一つとっても、特別だった。きっと、ダンサの母の血を引いているのだろう。軽やかで、伸びやかで、重力を感じさせない。実際の彼の美しさは、静止画に固着できるものではない、ということが、写真集を見た僕の感想だった。たぶん、エジー・ノイエンドルフも、その限界に気づいていただろう。

この写真集がヒットしたのだから、二冊めを出版社は出したがったはずだ。それなのに、リオンは姿を消さなければならなかった。

ルネ・スーレイロルは、彼がマフィアから逃げていると語った。スーレイロル自身がきっとそうなのだろう。しかし、リオンの場合も同じだろうか。僕には、違う考えがあった。リオンは、彼の神から逃げているのではないか。

たとえば、マフィアから逃げることに必死ならば、ドイツでモデルとして仕事をしただろうか。そんな目立つことをしただろうか。しかも、さらなるチャンスが目前だというのに、すぐに行方を晦ますことになっただろうか。

あるいは、まったく逆に、リオンは、彼の神に引き寄せられている可能性もある。僕は、それがルネ・スーレイロルかもしれない、と考えていたけれども、どうも少し違う、と感じた。スーレイロルが、そう僕に思わせた、計算して仕掛けたトリックだということもないわけではない。でも、彼と二人だけで話をしたときに、僕は見てしまったのだ。彼の、どことなく弱々しい哀れな影を。論理的に説明できるようなものではないが、それは、リオンを支配するような神の力とは思えなかった。もともとは、もっと包容力のある大きな男に見えたのに、今の彼は、なにものかに怯え、震えているように感じられたのだ。

ただ、スーレイロルが日本へ行ったことは、やはり引っかかる。日本は、台湾以上に外国人が目立つ。だからかえって安全だということだろうか。リオンが、日本にいる可能性も高い。彼は答えなかったけれど、ほとんどそう語っている目だったではないか。

ザーラ・レッシュは、台北で目撃されている。だから、その時点ではいたのだろう。その後、一人でさきに日本へ渡ったのではないか。二人で行動をともにすることは目立つ。それに、警察が追ってくるのを察知したのかもしれない。もしそうだとしたら、ルネ・スーレイロルは警察を待っていたのだ。あのサンプルを手渡し、遺言を伝えるために。

5

その日の夜には、僕はもうミシェルと食事をしていた。東京のホテルだ。そこもやはり高層ビルで、その最上階だった。

「スイス以来ね」ミシェルは言った。僕たちは一時間まえに会ったばかりだ。

「仕事の方はどう？　上手くいっている？」

「まあまあ」ミシェルは微笑んだ。「貴方の方は？」

「そうだね、台湾で、一段落した感じはする。もう、これ以上は、僕が首を突っ込む必要もないかなって、少し思ったよ」

「え、どういうこと？」

「あ、いやいや、仕事のこと」

「貴方と一緒だったら、このホテルに泊まっても良いわね」

「あれ、君はここじゃないの？」

「こんな高いところに泊まらないわよ」

「高いって、地面からの高さ？」

「違います」ミシェルは、僕を睨んでから、すぐに吹出して、手を叩いて笑った。

彼女は、仕事のスタッフを二人連れてきている。三人で、近くのホテルに部屋を取ったらしい。仕事の打合わせがあるけれど、それは明日の早朝にして、今夜は、このホテルで僕の部屋にいたい、と話した。

「ベッドは一つしかないよ。部屋を替えてもらおうか？」

「うーん、考えどころよね」

結局、部屋はそのままで、ミシェルも泊まっていった。バスルームは狭いと思ったけれど、ベッドはなんとかなった。

次の朝、僕はミシェルのキスで起こされた。

「仕事にいってきます」

「ああ、そうか……」

ベッドサイドのデジタル時計は六時を示していた。僕はまた眠ってしまった。

次に目が覚めたら、十一時。窓の方が眩しかったけれど、ブラインドを上げると、外は雨だった。でも、そんなに降っているわけではない。小雨だ。

どこかへ出かけようと考えたけれど、この街のことをなにも知らない。ホテルのフロントで尋ねると、パンフレットのようなものを手渡され、そこに幾つか、近所の観光スポットが書かれていた。

地下鉄で行けそうなので、案内に従って、地下道を歩いた。切符売り場で、あれこれ考えていたとき、横から声をかけられた。とてもびっくりした。

「レナルドだね？　そうじゃないか」耳に飛び込んできたのは、フランス語だった。

そこに立っているのは、顎鬚を伸ばした長身の紳士。

「ジャカール先生」すぐにその名が口から出た。大学で指導教官だった教授である。「どうして、こちらへ？」

「君こそ、こんなところで何をしている？　しかし、まさか日本で会えるとはね」

お互いに時間が取れることを確認し、近くのカフェに入った。地下の店だから、窓の外には地下道の人の往来が見えるだけだった。

彼は、国際会議が東京で開催されたのでこちらへ来ている、と話した。僕は、仕事で台湾へ来たついでに、こちらへは観光にきた、と説明した。

「何年振りになるのかな。一度、モントロン事件のことで、電話があったね」

「あ、そうでしたね。そういえば……。先生、よく覚えていらっしゃいますね」

「そりゃあ、覚えているよ。君は優秀だった。今も、インターポールに？」

「そうです」

「モントロンの事件は、まだ解決していないんじゃないかな」

「していませんね」

「なにか、君も関わっているのかね?」

「はい。実は、かなり……。あの事件は、ミラノやフランクフルトの殺人事件とつながりがある、と見られているのです」

「ああ、リオン・シャレットのことだろう?」

「驚きました。よくご存じですね」

「何を言っている、彼も私の教え子だった。卒業研究の途中でいなくなってしまったがね。それに、君は忘れているかもしれないが、私の専門は、犯罪心理学だよ」

「忘れていませんよ、先生」

「昨日まであった国際会議も、その関係だ。えっと、モントロン事件と関わりがあるというのは、ミラノのピッコの殺人だね。あと、フランクフルトというのは、あの写真家だろう? 名前は忘れてしまったが、リオンの写真を撮った」

「ザーラ・レッシュがリオンだと、ご存じだったのですか?」

「君の電話が切っ掛けで、そちらへアンテナを伸ばしたというわけだ。そのうち、時間が取れたら、一度君に会いにいこうと考えていたよ。興味深いこと、不明な点、いろいろある。どうも、警察は沢山の情報を非公開にしているようだ」

「そうですか。では、ずいぶんお詳しいわけですね」

「私が知っているのは、新聞や雑誌やネットで公開されたことだけだよ。たぶん、君の方が数倍詳しいだろうと予想している。正直なところ、犯人の目処《めど》がついているんじゃないかね？」

「ちょっと、それは……」

「いやいや、言わなくてもけっこう。立場があるだろう。それよりも、もし解決したら、本を書かないかね？」

「僕がですか？」

「もちろんだ。もし、書けないというなら、私が書いてもいい」

「先生がお書きになった方が良いと思います」

「では、共著にしよう」

「売れますか？」

「本のことかね？」

「ええ」

「そんな心配はしなくていい。問題は、出版社に売れると思わせることだ」

一時間ほど話をして、ジャカール教授と別れた。別れ際にも、本の執筆についてもう一度繰り返した。

「老人には、そういう楽しみがないとね」と彼は言った。六十代にしては、若々しく見える。僕が学生のときとまったく変わっていなかった。

ジャカール教授から、地下鉄に乗るための電子チケットをもらった。彼は明日帰国するので、もう不要だからだ。そのチケットで、地下鉄に乗って、すぐ近くの寺を見にいくことにした。有名な観光地らしい。たしかに、それらしい人間が大勢歩いていた。雨は既に止んでいたので、寺の近くの商店街へも足を伸ばすことができた。

そろそろ戻ろうか、と思ったところへ、電話がかかってきた。パリ市警のクールベからだった。

「日本にいらっしゃるそうですね」

「ええ」

「東京ですか?」

「そうです」

「日本の警察から、大使館を通じて、こちらへ連絡が入ったんです。ルネ・スーレイロルのパスポートを所持した男が殺されたそうです」

「え?」びっくりして、立ち止まっていた。「いつですか?」

「詳しい情報は、まだ入ってきていませんが、だいぶまえでしょうね。こちらへ連絡が来たのが数時間まえのことです」

「日本の警察に連絡がつきませんか? 僕なら、スーレイロルを確認できますが」

「あ、そうか、そうですね。ちょっと連絡をつけてみましょう。すぐに、また電話をします」

電話を待つために、また寺に戻った。ビルの中や地下では、電波が届かなくなるかもしれないからだ。クールベからの電話は、結局一時間後にかかってきた。

「やっと話がついたところです。日本のオザキという人に電話をかけて下さい。番号を言いますよ」

「ちょっと待って……」僕はポケットからペンを出し、喫茶店のレシートをメモに使うことにした。

クールべから教えてもらったナンバへ電話をすると、オザキが出た。

「今、どちらですか?」彼は英語できいた。高い声だった。「こちらからお迎えにいきます」

寺の名前を言い、その門のところで待っている、と伝えた。三十分後に、警察の車が迎えにいきます、とオザキは説明した。

外はもう暮れかかっていた。僕は、ミシェルに電話をかけたが、彼女が出ないので、急な仕事が入って、今夜は遅くなる可能性がある、とメールを送っておいた。すると、十分後にリプライがあって、残念、と一言だけ書かれていた。

赤い回転灯の車が来て、制服の警官が降りてくる。名前を言われたので、身分証明書を見せた。相手は、ろくにそれを見ず、車に乗るように、と手招きした。英語が話せないのかもしれない。少なくとも、オザキではない。

道路は渋滞していて、停車している時間の方が長かった。すっかり暗くなったが、街はデコレーションの照明が非常に多く、暗い場所は滅多にない。一時間ほど走っただろうか。最後は、歩道に乗り上げて、建物の敷地に入ってから停車した。

導かれるまま建物の中に入ると、病院だということがわかった。白衣の職員が多い。警官は通路を奥へ進む。大勢が通路に集まっていたが、僕たちを通すために道を開けてくれた。

オザキ刑事は、まだ若い。僕と同じくらいだろうか。眼鏡をかけていて、躰は細く、背も低い。声も子供のようだった。お互いに自己紹介した。

確認をするために、別の部屋に彼と一緒に入った。強い消毒臭に満たされた空気で、室温も低かった。もしかして、冷房しているのかもしれない。遺体は台の上だ。シーツを被せられていた。オザキがそのシーツを捲った。一目で確認できた。生きていたときと違うのは顔色くらいだった。白かった顔が、青みがかっている。口は少し開いているが、目は閉じられていた。乱れている感じではない。

「ルネ・スーレイロルです。まちがいありません。昨日、台北で会って、話をしたばかりです」

「パスポートのとおりですね。何者ですか？」

「パリで開業していた精神科医です」僕は、スーレイロルの首を見た。首には絞められた跡はない。「死因は？」

オザキは、さらにシーツを捲った。左の胸に穴がある。一箇所だけだ。

「前から至近距離で撃たれました。一撃です。ここへ搬送されるまえに、既に心肺停止状態でした。いちおう、死亡確認は病院に到着したあとになりますが、ほぼ即死です」

「どこで撃たれたのですか？」

「電車の中です」

「電車？」

「ええ、ですから、目撃者が大勢いました。でも、犯人は逃走しました。拳銃は、駅のゴミ箱で見つかっています」

「どんな奴だったんですか？」

「帽子を被っていて、サングラスをかけた白人、たぶん、男性、身長は百七十から百八十、大柄ではなく、痩せていたそうです。年齢はわかりませんが、二十代か三十代ではないかと。今、各所の防犯カメラを分析中です」

「それにしても、電車の中というのは……」

「私も、こんな事件は聞いたことがありません」

「その、撃った人物は、スーレイロルと一緒にいたのでしょうか？」

「目撃者の話では、そうではないみたいですね。ある目撃者によると、被害者は、二駅くらいまえで乗ってきて、シートに座った。その後、つまり、二駅ほど走ったあと、犯人は、後ろの車両から来たそうです。駅に到着する寸前でした。それで、被害者の胸の近くまで拳銃を突きつけて撃った。ほぼ同時に電車のドアが開いて、そのままホームへ出ていき、階段を駆け上がっていった。時間的には、あっという間のことだったようです」

「スーレイロルは、一人だったのですか？　誰かと一緒ではありませんでしたか？」

「それは、わかりません。少なくとも、彼の身許がわかる人は、その場にはいませんでした。我々は、被害者が所持していたパスポートで、大使館へ連絡をしました」

「えっと、いつですか？」

「昨日の午後四時五十分です」

「ああ、では、僕が日本に到着した頃ですね」

「彼が日本に来たのは、午前十一時頃だったようです。あの、アンペールさん、別の部屋で話をしましょう」

「あ、ええ、そうですね」

オザキは、スーレイロルの遺体にシーツを丁寧に被せた。僕は小さく十字を切った。

ソファのある暖かい部屋に通された。ちょっと待っていて下さい、と言い残してオザキは出ていった。しばらくすると、女性がコーヒーを運んできた。僕は礼を言って頭を下げた。彼女もお辞儀をしてから、出ていった。

殺し方は、いかにもマフィアらしい。拳銃を捨てていったのは、すぐに国外にでも逃げるつもりだったのではないか。日本では、拳銃は一般的なアイテムではない。普通の人間は実物を目にすることもないという。

それにしても、と溜息が漏れた。

やはり、スーレイロル自身が怖れていた結果になった、といわざるをえない。台湾から日本へ渡ってすぐというのは、つまり、ずっと追われていたことになるのか。となると、同じ飛行機に犯人が乗っていた可能性がある。

パリのクールベに電話をかけた。向こうが今何時なのか考えるのも面倒だった。しかし、クールベはすぐに電話に出た。

「死体を確認しました。ルネ・スーレイロルにまちがいありません。電車の中で銃で撃たれたそうです。ほぼ即死ですね。弾は一発だけ。拳銃は近くで見つかったようです。撃ったのは、二十代か三十代の痩せた白人の男、というのが目撃者の証言です。防犯カメラに映っている可能性があるので、映像はこれから出てくるかもしれません」

「わかりました。急展開ですね」

「また、連絡します」

オザキが戻ってきた。

「アンペールさんが、台北で被害者と会われたのは、どんな目的だったのでしょうか?」彼は質問した。

僕は、パリ、ミラノ、そしてフランクフルトの事件の概要を説明した。インターポールとして、三国の警察の間で連絡役をしている、ともつけ加えた。そして、ルネ・スーレイロルは、その事件の重要な参考人の一人だった、だから、台北まで彼を追ってきた、と話した。

「その三つの事件の犯人が、スーレイロルだったのですか?」

「いえ、そうではありません。ただ、彼は、犯人を知っていたかもしれない」

「なるほど、では、それで口を封じられたわけですか?」

「その可能性はあります」

「殺したのは、プロですね」オザキは言った。質問なのか、どうかわからなかった。

「わかりません。ただ、そうですね、たしかに手慣れた感じです。そんな人前でやるというのが、普通では考えられない。しかも、不慣れな土地ですから、逃亡するのも大変です。そういうことまですべて計算に入れて、やったのだとは思いますが」

「ホームの階段を上がったあと、どこへ行ったのか、わかっていません。人の流れに紛れて、普通に歩いていったのだと思います。そうすれば、誰も気に留めませんから」

「まずは、トイレに入って、服装を替えるのでは?」

「近くのトイレは、全部調べました。まだ、なにも見つかっていません」

「拳銃はどこに?」

「拳銃は、電車を降りて、すぐに捨てたんです。ホームのゴミ箱にありました」

「周囲の誰も、彼を止められなかったのですね。まあ、無理もありませんが……。犯人は、スーレイロルを撃ったときに、なにか物品を奪わなかったのでしょうか?」

「そういった目撃証言はありません。撃って、即座にドアから出たようです」

「スーレイロルは、荷物は持っていませんでしたか?」

「持っていません。ポケットにあるものだけです。鞄もなかったし……」

「台北を発つときは、スーツケースを持っていました。どこか、ホテルにチェックインしたかもしれませんね」

「わかりました。調べてみます」

「空港は、監視していますか？」

「もちろんです。それは、事件の通報があって、現場に駈けつけて、約十五分後に指示を出しました。配備に時間がかかるとしても、事件発生から一時間半後には、東京の二つの空港から犯人が出ることは、かなり難しくなったと思います。もっとも、完全とはいえません。変装している可能性があります。ただ、名前と行き先はすべてチェックさせています」

「東京以外の空港は？」

「全国に手配をしたのは、二時間後です。今も、その非常線は解かれていません。でも、これまでに不審な人間を発見したという連絡はありません」

「難しいでしょうね、拳銃を持っているわけではありませんしね」

「ええ、不審な挙動や、不審な物品がなければ、そのまま通す以外ないので」

「あの、スーレイロルを殺した犯人とは、直接つながりませんが、ザーラ・レッシュという人間を捜しているのです。スーレイロルと一緒に日本に来ている可能性が高い人物です」

「女性ですか？　フランス人ですか？」

「フランス人です。本当は男性なのですが、女装していることが多くて、見た目は完全に女性です。モデルをするほどの美人です。ネットで写真が見られますから、検索してみて下さい」

「えっと、もう一度、名前をお願いします」オザキは手帳を取り出した。

「ザーラ・レッシュ、です」僕は、彼のペンを借りて、そのスペルを彼の手帳に書いた。「日本では、ザーラの写真集は出回っていないと思いますが、台湾では、顔を知られていたようで、目撃されています。数日まえのことです」

「その人が、なにか知っているのですか？」

「それもありますが、もし、スーレイロルを殺した人間がまだ日本に留まっているとしたら、それは、ザーラ・レッシュを殺すためだと想像できます」

「わかりました。見つけたら、安全のために保護しろという意味ですね」

「お願いします」

6

その後、僕はオザキとともに警察の建物に入った。彼のオフィスは、見通しの良い広い部屋で、大勢が仕事をしていた。彼はデスクでパソコンを開く。ネット検索では、手帳を見てザーラ・レッシュのスペルを入力した。大きな写真を選び、数枚プリンタで印刷した。

「たしかに、こんな美人がいたら、注目するから、印象に残りますね」オザキはそう言った。

「ただ、以前だったら、外国人自体が珍しかったのですが、今は沢山の外国人が日本に来ています。特に都会では多い。見つけるのは簡単ではありません」

「まずは、ルネ・スーレイロルのホテルを見つけることですね」

それについては、すぐに知らせが来た。東京駅に近いホテルだった。昼過ぎにチェックインしていることがわかった。オザキの許可を得て、自分も連れていってもらうことにした。フランス語が読めるだけでも、役に立てるかもしれない、と思ったからだ。

スーレイロルの部屋は、シングルで、何人も入れないほど狭かった。スーツケースがベッドの上に置かれていた。鍵がかかっていたが、鍵は、彼のポケットから見つかっているので、オザキが持ってきていた。開けて中を確かめる。着替えの衣料品や身の回りの日用品のほかには目立ったものはない。筆記具と小さなサイズのノートが一冊あった。ノートには、なにも書かれていなかった。数ページを破いた跡があったので、たぶん、そのようにして使っていたのだろう。

パスポートや現金、カードなどは携帯していた。スーツケースには、高価なものは一つも入っていなかった。

「長旅をするような荷物ではありませんね。急いで出てきたということなのでしょうか」オザキが言った。

「あるいは、荷物だけ別便で送ったか」僕はそう指摘した。

しかし、たぶんそうではない、と考えていた。スーレイロルは、おそらく慌てていただろう。まずは、フランス内で転々と移動し、ついには国外に脱出したのだ。

もともと、一人だったかもしれない。しかし、台湾ではリオンと会った。それが仇《あだ》となった。ザーラ・レッシュが目撃されたからだ。リオンにしてみても、一人でいるときには、そんな目立つ格好はしなかっただろう。フランスにいれば、隠れていられたにちがいない。台北で久し振りにスーレイロルに会うことになって、着飾ったのではないか。もしかしたら、スーレイロルがドレスを買ったのかもしれない。そんな想像を、僕はしていた。

結局この日は、十二時近くにホテルへ戻った。もちろん、部屋には誰もいない。僕一人だ。ミシェルには明日の朝に電話をしよう、と思った。ちょうど、フランスとの時差でタイミングが良かったので、オフィスの上司にも連絡をしておいた。日本に来ていること、こちらで、ルネ・スーレイロルが殺されたこと、などを話した。上司は、ルネ・スーレイロルと聞いてもよくわからなかったようなので、モントロンやピッコの事件の重要参考人の一人です、と説明を加えておいた。休暇ではなく、出張に切り換えた方が良いのではないか、と言ってもらえた。それは、半分は冗談だと思われるが、少なくとも、しばらくは日本にいられるかもしれない、と僕は感じた。

日本の警察に、正式にインターポールから協力依頼の通達をしてもらうことにもなった。僕としては、とても助かるし、オザキもその方がやりやすいだろう、と考えた。

ブルッホにも電話をかけた。彼は、既にルネ・スーレイロルが死んだことを知っていた。とにかく残念だ、と零《こぼ》した。直前に彼と会っているのだから、警察官として当然責任も感じただろう。無理にでも保護して、連れ帰っていれば、こんなことにならなかったからだ。それは、僕ももちろん感じていた。僕の場合は、彼から遺言まで受け取っているのだ。スーレイロル自身、自分の死について予感していた。それでも、助けられなかった。

その後、ネットでは、ザーラ・レッシュの目撃情報は見つかっていないらしい。リオンは、まだ台湾にいるのではないか、というのがブルッホの見方だった。

「さきにスーレイロルが行って、住むところなどの準備をしてから、呼び寄せるつもりだったのではないか、と思うんです。台湾のときも、たぶんそうしていたんじゃないでしょうか」ブルッホは話した。

「今回の殺しは、また別の人間でしょうか?」僕は尋ねた。自分ではそうではないかと考えていたことだった。

「うーん、まあ、たしかに、殺し方は全然違いますからね。でも、違うように見せかけることだってあるでしょう。日本の警察が詳しく分析してくれるのでは?」

ブルッホの答の方が、慎重で刑事らしい。

「分析と言っても、公衆の面前で殺されたわけですから、犯人のなにかが残っているなんてことは、望み薄だと思いますけれど」僕は悲観的な意見を言って電話を切った。

しかし、よくよく考えてみたら、スーレイロルは、電車に乗るまえに相手と会っていたかもしれない。それでその後をつけて殺した、という可能性だ。彼は東京へ到着したばかりだったのだ。相手は待ち伏せしていたわけではない。殺されたのは、ホテルを出てからすぐでもない。少し時間があった。たとえば、呼び出して会ったあとだったのではないか。

そういう意味では、ブルッホが「分析」と言った意味はある。そのとおりだ、と遅れて気がついた。

翌朝、ミシェルに電話を入れた。

「結局、仕事の方が僕を追いかけてきたみたいなんだ」

「私のことだったら、心配しないで。私も、ビジネスでここへ来ているんだから」

それは、そのとおりだ。それでも、彼女の言葉を聞いて、少し元気が出た。スーレイロルの死が、僕を少なからず落ち込ませていたようだ。今頃になって、それに気づいた。それを自覚して、少しやる気が出てきた。死んだ者のためにも、真相を究明すること、この犯罪を行った人間を捕まえることを目標に力を尽くそう。自分にできることをするだけだ。それ以外に、ずっと続いてきたこのもやもやとした闇を晴らすことはできないのだ。

けれども、もう一つそれとは別に、僕には大事な目標があった。やはり言葉として、はっきりと述べなければならない。それは、リオン・シャレットを保護することである。彼を見つけ出して、安全な場所へ連れていくこと。逃げなくても良い場所へ。

安全な場所？

それは、どこだろうか？

ひとまずは、警察だろう。そのあとのことは、ゆっくりと考えれば良い。彼を殺そうとしているのは、マフィアだと思う。でも、違うかもしれない。そこは今はわからない。

この日も、僕はオザキに連絡を取った。でも、警察に出向いて、彼にずっとつき纏っているわけにもいかない。そこで、警察署内で、パソコンが使えて、ネットにアクセスできるところ、また、英語かフランス語がわかる人間をつけてほしい、とお願いした。

インターポールからの協力依頼が利いたのかどうかはわからない。それをトップが受け取っても、指示が出たりするまでに時間がかかるだろう。案外、現場にまではまったく届かないようなレベルかもしれない。

それでも、警察の建物へタクシーで到着すると、若い係官が出迎え、パソコンが沢山ある部屋へ案内された。五名ほどスタッフがいたが、こちらを見なかったので、僕には無関係らしい。案内してくれたのは、シミズという名の男性だった。やはり眼鏡をかけている。英語で会話することができた。

ドイツのブルッホが、ネットで検索をしているが、それは、ザーラ・レッシュの名をキーワードにしている。台湾の目撃情報も名前の部分は英語だった。しかし、日本人はほとんど英語を使わない。英語の固有名詞も、アルファベットでは書かないのだ。

シミズが、パソコンの前に座って、僕はその斜め後ろに椅子を持ってきて腰掛けた。ザーラ・レッシュを日本の文字にすると、幾つか書き方があるという。それらをすべて検索したところ、既に、沢山の書き込みがヒットした。一つずつ表示して、チェックするのには時間がかかりそうだ。

そういった試行錯誤を午前中はしていた。成果は特になかった。お昼にオザキが現れた。一緒にランチに行こうと誘われたけれど、僕は昼は食べない習慣だと断った。シミズは弁当を持っているので、食べながら作業ができる、と言った。オザキは、部屋から出ていこうとしたとき、なにか思い出したように立ち止まり、振り返った。

「そうそう、インターポールから依頼があったそうです」

「ええ、知っています」僕は頷いた。

「それと、マスコミに対して、午後から記者会見をします。やはり、電車の中で撃たれたこともあって、ショッキングな事件なんですよ。もし、よろしければ、アンペールさん、記者会見に同席していただけませんか？」

「オザキさんが、会見をするのですか？」

「いえ、部長がします。私も近くにいます」

「どうして、私が？」

「被害者がどんな人物なのか、説明できるからです。あと、テレビで、えっと、その探している人のことを公開してはいかがですか？　危険ですか？」

「ああ、なるほど……。ちょっと考えても良いですか？」

「では、ランチのあとに、また来ます」そう言って、オザキは出ていった。

テレビに出るなんて、気が進まないから断ろう、と最初に聞いたときには思った。けれど、リオンを探すのには、たしかに有効な手段といえる。これは、誰かの許可を得る必要があるだろうか。所長に承諾を得るか、あるいは、フランスの警察に知らせておくべきだろうか。

時差のため、適切な時刻ではなかったが、僕はその両方へ電話をかけた。インターポールの所長は自宅で摑まった。こちらは、フランス警察に許可をもらえ、という指示だった。つぎに、クールベに電話をした。彼は眠っていたらしく、声が少し籠っていた。

「え、もう一回言って下さい」

「日本のテレビに出て、ザーラ・レッシュを探している、と訴えても良いですか、という相談です。警察で保護したいからです」

「どうしてですか？　狙われているんですか？」

「たぶん、そうだと思います。僕の思い過ごしだったら、それはそれで良いのですが。ただ、危険が伴う、という気もします。どう思いますか？」

「ますます警戒して、隠れてしまうということは？」

「隠れるつもりならば、もともと見つけ出すことは困難です。僕も、リオンを探すために日本に来たわけではありませんし」

「どこにいるのかわからないけれど、近くの警察へ行け、と言うなら、それほど危険はないのでは？　もし、殺そうとする人間がいるなら、その場合、アンペールさんを狙いますよ。貴方を見張っていれば、ザーラ・レッシュが現れる、と考えるでしょう」

「僕がどこにいるかなんて、わからないのでは？」

「東京の警察にいるのでしょう？」

「まあ、そうですが……」

「気をつけて下さいね」

「僕がしようとしていることは、警察の捜査上、問題はないですか？」

「個人の自由だと思います」

しかし、インターポールの人間がするのだし、日本の警察の記者会見なのだから、個人というわけにはいかないだろう、と僕は考えていた。そこが気になる。しかし、責任が問われるのは、万が一のことがあったときだ。そうならないようにしなければならない。

シミズは、弁当を食べながら、モニタを見つめていた。僕には、まったく読めない文字が並んでいるので、手伝うことはできない。

「どんな感じですか？」

「うーん、そうですね。ザーラ・レッシュの写真集の内容が、ネットにけっこう出回っているようですね。それを話題にしているものがほとんどです」

「本人を日本で見た、というのは？」

「それはありません。ツイッタも検索していますが、ザーラ・レッシュ自体を知っている人が少ないわけですから、わざわざアップしないのでは？」

シミズの言うとおりだ。台湾で、書き込みがあったのは、日本よりは、ザーラの名が広まっていたためだろう。

記者会見には出ることにした。ザーラ・レッシュの公開捜査については、写真を数枚用意する必要があるだろう。それはオザキと相談することにした。僕としては、なによりも、リオン自身がテレビを見てくれる可能性を期待するしかない。今頃、どこで何をしているのだろう。まずは、この東京にいてほしい。そして、無事に出てきてほしい。

もう一度、彼を抱き締めたい、と僕は心から思った。

第5章 犠牲

Chapter 5: Sacrifice

その男はどこにゐる、手に瀆神《とくしん》の罪に満ちた盃を持てる男は？　どこにゐるのだ、銀糸の布をまとひ、いつの日にか、衆人環視のなかに死に目をさらす男は？　その男に、こゝへ来て聴けと言へ、荒野に宮殿に叫びつゞける者の声を聴けと。

1

午後三時から日本の警察は記者会見を行った。多数の報道陣が詰めかけたが、まったく混乱するようなこともなく、全員が礼儀正しく、大人しく、まるで事前に打合わせをしていたかのように進行した。

最初に、部長が挨拶をして、事件の概要をメモを見ながら説明した。彼は、部下が作った文章を読んだだけだ。その後、その文章を書いたと思われる課長が引き継いで説明をしたが、のちほどオザキに尋ねたら、その課長も自分で文章を書いたのではない、ということだった。では、君が書いたのか、とオザキに問うと、自分が書いたものを、上司が手直しし、そのまた上司がさらに手直しして、課長の承認を得るのだという。

僕は、課長から紹介された。これもあとでわかったことだが、インターポールの捜査官だと彼は日本語で言ったらしい。僕はただの事務職員なのだが、そういった自己紹介をする機会は与えられなかった。

殺されたフランス人、ルネ・スーレイロルがどんな人物だったのか、という説明を求められたので、英語で話した。彼は、パリで精神科の医院を開業していた。フランスとイタリアとドイツであった殺人事件の重要な参考人の一人だった。数カ月まえから行方がわからなくなっていたが、台湾にいるとの情報を得て、台北で彼に会うことができた。その後、日本に来たわけだが、その日のうちに殺された。事件に関して、彼からの情報が得られなくなったことは残念だ。そういった内容である。

すべての説明が終わったあと、記者からの質問を受ける時間になった。まずは、犯人がどちらへ逃げたのか、なにか証拠が摑めているのか、警戒態勢はどうなっているのか、といった質問が警察側に対してあった。だいたいのことは、僕の横に座っているオザキが通訳してくれた。

そのあと、僕に対して質問があった。質問は日本語だったが、オザキが英語で僕に囁く。ヨーロッパで起きた殺人事件と同じ犯人、あるいは同じ犯罪グループが、今回の殺人を行ったと考えているのでしょうか、という質問だった。

「それは、現時点ではわかりません。ただ、これまでの事件では拳銃は使われていませんし、殺人現場はすべて室内でした。今回の場合とは、状況が全然違います」僕は、それだけを答えた。もう少しで、今回のような目撃者はいなかった、と言いそうになったが、パリでは目撃者がいる。そう思い出して、話すのをやめた。僕の言葉は、オザキが日本語にして答えてくれた。

質問がまだ途中だったが、時間の制限があるようだった。最後に、僕がコメントを述べることになっていた。オザキがそれを促した。僕は、ザーラ・レッシュの写真を見せた。それは、コピィして記者たちにも配られた。

「殺されたルネ・スーレイロルとともに、この写真の人物が日本に来ている可能性があります。ドイツのモデルで、ザーラ・レッシュと呼ばれています。殺人者は、彼女も狙うかもしれない。その危険が高いと考えています。もし見かけた方は、警察に連絡をして下さい」そのあと、僕はフランス語で、こうつけ加えた。「ザーラ・レッシュさん、これをもし見たら、できるだけ早く警察へ行って下さい」

オザキが、日本語で説明した。最後の部分は訳されなかったはずだ。

その写真を見たからなのか、また複数の記者から質問の手が挙がった。しかし、時間なので、そのまま会見は打ち切られた。記者たちはなにか声を上げていた。オザキにきくと、ザーラ・レッシュと被害者の関係を教えてほしい、といった質問らしい。僕は、簡単に「詳しいことはわからない」と答えながら首を横にふった。

会見場の部屋を出て通路を歩く途中、オザキは、僕がザーラ・レッシュのことを「彼女」と表現したことを指摘した。

「男性なのでは？」オザキは首を傾げてみせる。

「ええ、それはそのとおりなのですが、おそらく、外見的にそう認識する人は少ないだろうと思います。コミュニケーションにおける言葉には、厳密性よりも誤解なく通じることの方が大切だと思ったので」と僕は答えた。

オザキに捜査の進展をきいたが、すべてがまだ始まったばかりで、結果が出てくるのはこれからだ、と彼は答えた。日本では、一般人が拳銃を入手することは困難だ。また、殺人者が日本に入国するときにも、それを持って入ることは難しい。したがって、日本のマフィアの関係から、拳銃を調達した可能性が高い。その方面でも、情報を照会している、とオザキは説明した。

「そんな情報を、マフィアが警察に話すのですか？」僕は、冗談半分で彼にきいた。

「この頃は少し難しくなっています。以前は、わりと簡単に情報が流れてきました」彼は真面目に答えてくれた。「日本のマフィアは、イタリアのそれとはだいぶ違うんです。警察にある程度協力的で、それに一般人を巻き込むことも滅多にない。政治家を暗殺するなんてこともありません」

既に見つかっている拳銃は、日本のマフィアがよく使うタイプのものだという。スーレイロルを撃った弾がそれから発射されたことも鑑定で判明した。過去に使われたことがないかも調べている、とオザキは話した。

会見の模様は、一時間後にはテレビで放映された。そのあとも、夕方のニュースで何度も繰り返し流れた。僕は、それを警察の部屋にあるモニタで見た。最後のフランス語の部分は、幸いカットされていなかった。日本語のテロップが出ていたので、シミズに尋ねると、ほぼ正しく訳されているようだった。

シミズは、ネット検索をしながら嘆いていた。会見がテレビに流れた直後から、ザーラ・レッシュに関する情報が爆発的に増加したからだ。

「これじゃあ、もう手に負えませんよ」と彼は言った。「ほとんどが、単なる写真を見た感想です。美人だ、誰なんだ、見たことあるか、動画はないのか、そんな新しい呟きばかりです。時間的に古いものだけで探す手もありますが、しかし、それだと新しい目撃情報を見逃すことになります」

「新しい目撃者で、しかも名前が出るという場合は、テレビを見たわけですから、警察に通報されるのでは?」僕はそう答えた。「だから、まずは、古いものだけで良いと思います」

現に、警察には多くの情報が寄せられているらしい。

僕は、シミズと一緒に近くの店で食事をした。彼がよく来るという小さな店だった。ライスの上に、魚のフライがのっているものだった。八時頃に警察の部屋に戻ると、オザキが待っていて、ザーラ・レッシュに関して百件以上の情報が既に入っている、一つずつ確認をしているが、今までのところ、まだ本人には行き着いていない、と言った。つまり、見かけた、といった情報だけのようだ。単に似ている人物かもしれない。日本人には、白人の女性の区別がつきにくい傾向がある、とオザキは話した。たしかに、それはある。僕から見ると、東洋人は区別がつきにくい。皆が似ているように見える。

十時過ぎに、ミシェルから電話がかかってきた。接待の宴会が終わって、これから帰るところだという。一緒にどこかで飲まないか、という誘いだった。

僕が泊まっているホテルで待ち合わせ、高級そうなバーのカウンタで、一緒にカクテルを飲んだ。ミシェルは仕事のスケジュールが終わって、明日の夕方の飛行機で日本を発つことになっている。それまでの時間はフリーだ、と彼女は言った。

「僕も、基本的にはフリーなんだけれど」

「わかっている。いろいろと忙しいのでしょう？」

「今日、テレビに出たよ」

「え？　どうして？　何のテレビ？」

「いや、大したことはない。仕事の話はやめよう」僕は片手を振った。

ミシェルは、僕の部屋に泊まっていった。早朝から出かけることもなく、久し振りにゆっくりとした朝だった。フランスにいるときだって、こんな朝は日曜日くらいだし、日曜日であっても、だいたい僕か彼女のどちらかに、なにかイベントがあったりするものだ。

ブラインドを上げると、もう太陽は高いところにあった。少し離れたところに、広い公園なのか、森林地帯が見えた。明るい緑で、春らしく輝いている。もうすぐ五月。そういう季節なのか、と思い出した。しばらく、季節のことなど忘れていたのだ。

「いつ、フランスに戻れるの？」彼女はきいた。

「そうだね、たぶん、数日。事件が解決しなくても、それくらいしたら、諦めがつくからね」

「無理をしないでね」

「わかっている」

ミシェルと一緒にホテルを出て、ロータリィで別れた。僕はタクシーに乗って、警察へ向かった。シミズが徹夜で作業をしているからだ。

2

シミズは、ずっと同じ服装だった。相変わらず、モニタに顔を近づけている。僕に気づいて、微笑んで頷いた。でも、新しい発見はない、この方法では見つからないのではないか、と彼は言った。それでも、どうすれば良いかといった具体的な案はなさそうだ。僕にもわからない。

この日は、ずっとシミズと一緒にモニタを見続けた。オザキは姿を見せなかった。ランチにも出ず、シミズはどこかで買ってきた弁当をまた食べていた。

午後四時に、初めて見る顔の女性が部屋に入ってきて、僕の顔をじっと見つめた。しかし、英語が不得意らしく、日本語で話し、シミズが通訳をしてくれた。テレビに出ていたインターポールの人の携帯電話の番号を教えてほしい、と警察に電話してきた人物がいる、というのだ。

「普通ならば、無視するところですが、電話をかけてきたのは、都内のわりと有名な教会の神父なのです。こちらから電話をかけ直すことになっています」と説明された。

僕は、電話番号を教えても良いと答えた。ただ、日本語で話されても僕にはわからないと伝えておいてほしい、と頼んだ。

電話をかけ直すということは、相手の電話番号がわかっているわけで、いたずらというわけではないだろう、とシミズは言った。もちろん、電話がどこからかかってきたのかは、警察の場合は探知できるはずだ。

一時間ほどして、僕の携帯電話にかかってきた。相手は、男性で年配者のような声だった。上手くはないが、英語でこう話した。

「インターポールのフランス人ですか? テレビに出ていた人ですか?」

「私です。そうです」

「貴方に会いたいという人がいます。彼女は、私の教会へ来ました。若い女性です。黒い髪で、うーん、たぶん、フランス語を話しています。英語はあまり通じません。名前もよくわかりません」

「ザーラ・レッシュと言いませんでしたか?」

「いえ、そうは言わなかった」

「では、リオン・シャレット?」

「うーん、ちょっとわかりません。テレビで貴方を見たときに、彼女は大変興奮して、貴方を呼んでほしい、と言いました。えっと、名前はなんとおっしゃいますか?」

「レナルド・アンペールです」

「そう、そうそう、レナルドという名を、彼女は言いました」

「わかりました。すぐにそちらへ行きます。タクシーに何といえば、そこへ行けますか？」

街の名と教会の名を彼は教えてくれた。僕はそれをメモした。電話を切ってから、シミズに尋ねると、彼もその教会を知っていると答えた。今の時刻は道が混雑するから、車で一時間ほどかかるかもしれない、と言う。

「パトカーで緊急走行すれば、三十分ですよ」シミズはそう言った。「サイレンを鳴らして」

「いや、目立たない方がいいから」

シミズは、自分も一緒に行くと言い、立ち上がった。

「君は、この作業を続けて下さい」僕はその提案も断った。

警察の建物から出て、表の通りでタクシーを拾った。シミズは、警官を連れていくべきだと主張したが、僕には無用に思えた。おそらく、それをするには、また誰かの許可が必要になり、担当の者に連絡を取らなければならないだろう。その時間の方が惜しい。

それに、そこにリオン本人がいるかどうかもわからない。人違いかもしれない。とりあえずは、電話の神父に会って話を聞くことが先決で、必要ならば、すぐに警官を呼べば良いだろう。それに、神父は英語が話せるのだから、通訳もいらない。

夕暮れの街をのろのろと車は進んだ。日が暮れて、自動車のライトが点灯し始める。運転手が、日本語でなにか言い、右前方を指さした。信号を右折した先のようだった。建物は少し奥まっている。よく見えない。

渋滞しているので、その場で料金を支払って車を降りた。車道の真ん中だ。中央分離帯の上を、横断歩道まで歩く。

道路を渡り、近づいていくと、建物が見えてきた。教会は、コンクリート製のモダンな建築で、周囲は大きな樹木に囲まれている。何故教会とわかったのかといえば、正面の壁に十字形の窓があるらしく、室内の光で、その大きな十字架が光っていたからだ。

ゲートからだいぶ距離があった。右手は大きな樹木が立ち並び、公園のような雰囲気に見える。左手は、柵があって、その向こうは一段下がって道路だ。そちらには陸橋が見えたが、それよりもこちらの方が高い。この一帯が小さな山のようだった。建物へのアプローチは、ずっと上りのスロープ。近くまでくると、大きな建築物だとわかる。

入口の巨大な扉は開いていた。中に入ると、礼拝堂だった。奥の正面に祭壇がある。ステップを数段下り、並んだ椅子の間を進み、そちらへ近づいた。誰もいないようだ。時計を見る。六時を少し回っていた。

僕はポケットから電話を取り出した。到着したら、電話をする約束になっていたからだ。

三回コールしたところで相手が出た。さきほどと同じ声だった。

「アンペールです。今、礼拝堂にいます。こちらで良かったですか?」

「私も、すぐそちらへ参ります。少しお待ち下さい」

縦長の窓にはステンドグラス。照明は、両側の低い回廊風の部分にしかない。祭壇の照明も控えめにしか灯っていないので、けして明るいとはいえない。高い天井もコンクリートの打ちっ放しのようだ。ひんやりとした空気だった。

右横の奥まったところに出入口があるようだった。音がして、そちらから男が一人現れた。黒っぽい服装だ。

「アンペールさんですか?」

「そうです」

彼は近くまできて、頭を下げた。

「私は、アンドウといいます。この教会の牧師です」

警察では、神父と最初聞いたが、当人は牧師だという。プロテスタントのようだ。

「今朝のことですが、若い女性がここへ来ました。すらりとした綺麗な方です。でも、少し様子がおかしい。彼女は、そこの椅子に座って、疲れきったように、こう、前の椅子に腕をのせ、頭を下げた姿勢で動かなくなりました」

アンドウは、ジェスチャを交えて説明した。ゆっくりとした英語である。

「眠っているのか、と私は思いました。英語が話せないようです。ものを言いません。名前もわかりません。それで、奥の部屋へ連れていって、そこで休ませました。温かいものを飲ませました。よく見ると、裸足《はだし》です」

「裸足？　靴を履いていなかったのですか？」

「そうです。ずいぶん憔悴《しょうすい》している感じでした。怯《おび》えるように、震えてもいます。話しかけても反応はほとんどありません。私は困りました。どうしようかと考えました。ちょうど、部屋にテレビがあって、貴方が映っていた。えっと、警察の記者会見ですか、その様子が流れている。私は、そのニュースは知らなかったのですが、彼女がじっと見るので、私も気づきました。彼女によく似た人の写真が、テレビに出ました」

「似ていますか？」

「ええ、似ています。でも、髪型というか色は違いますね。彼女は、長い黒髪です」

「とにかく、会わせてもらえませんか。警察へ連れていきます」

「私は、まず、病院へ行くべきだと思いました。彼女は、テレビの中の貴方を指差して、呼んでくれ、呼んでくれ、と頼んでいるようでしたが、そのあと、気を失うように、眠ってしまいました。熱があるように思います。魘《うな》されてもいる。それで、私は、電話で救急車を呼びました」

「え、では、彼女は今ここにはいないのですね？」

「そうです。病院です」

「どこの病院ですか？」

「私の娘が、救急車で一緒に行きました。さきほど電話をしてきたところです」

アンドウから病院の名前を聞いた。ちょうど、礼拝堂へ誰かが入ってきた。アンドウはそちらを見た。

「私は、ここにいなければなりません。案内ができなくて、申し訳ありません」アンドウはそう言った。

僕は建物を出た。建物に入ろうとする数人とすれ違った。この時刻から、なにか教会でイベントがあるのだろう。通りまで出て、タクシーを探したが、車の流れが悪く、なかなか拾えなかった。

ようやく、タクシーに乗って病院名を告げる。車の流れに乗って、タクシーは低速ながら進み始めた。

電話がかかってきた。出ると、オザキからだった。

「アンペールさん、教会に到着されましたか?」

「いいえ、今、病院へ向かっているところです」

「どこの病院ですか?」

アンドウ牧師に会って得た情報を、簡単に説明した。オザキは、なにか急いでいるような様子だった。

「すぐに、そちらへ向かいます」そう言って、電話が切れる。

また、三十分くらい乗っていただろうか。病院のロータリィへタクシーが入った。料金をカードで支払い、車を降りる。入口は二重ドアだった。そこを入る直前に、サイレンの音が聞こえた。

警察が来てくれたようだ。丁寧な対応ではある、と思った。

ロビィを奥へ進み、受付らしい窓口で、ザーラ・レッシュの名を告げたものの、どうも通じない。救急車で運ばれてきたはずだ、とも説明してみたが、相手は首を傾げるばかり。人を呼びにいったので、待っていると、白衣の男性が近づいてきた。

「ついさきほど、救急車で運ばれてきた女性に会いにきました」もう一度英語で説明した。

「ああ、わかりました。えっと、そこの奥の突き当たりを右へ行って下さい。救急治療室へ運ばれて、たぶん今もまだ、そこにいると思います」彼は、綺麗な英語で話した。

病院の入口に制服の警官が二人現れた。その後ろにオザキの姿が見えた。警官は立ち止まり、オザキが前に出て、僕を見つけた。彼はこちらへ駈け寄ってきた。

「ザーラが見つかりました。治療室だそうです」

「ちょっと申し訳ない。アンペールさん、外へ出てもらえませんか」

「外へ、どうして?」

「重要なことです。お話ししたいことがあります」

「ええ、わかりました」

オザキの深刻な顔から、よほどの事態で、周囲に人がいては話せないという意味だろう、と僕は受け取った。オザキと一緒に、僕はロビィを横切り、二重の自動ドアから外へ出た。すぐ近くに、赤いライトを回したパトカーが二台駐まっていた。オザキが乗ってきたものだ。

「何ですか?」そこで立ち止まって、彼に尋ねた。

「パトカーの中で」

警官がドアを開けて促した。僕がさきに乗り込み、そこへオザキが押すようにして続いた。

「ザーラ・レッシュに会いましたか?」オザキがきいた。

「まだ会っていませんよ。今から会えると思ったところです」

「アンペールさん、貴方を拘束しなければなりません。警察へ同行します」

「拘束って? え、どういうことですか? ザーラは?」

「ザーラについては、警察が保護します」

「ちょっと待って下さい。僕を捕まえる、と言ったのですか?」

「そうです」

「理由は?」

「フランス大使館を通じて要請がありました。貴方は、あちらであった殺人事件の最重要容疑者です。日本の警察には、身柄の引き渡しが要求されています。フランス警察の人が来るまで、私たちが貴方を拘束することになります。その命令書を私は持っています。貴方の同意を求めます」

「同意って、そんなこと……。なにかの間違いですよ」

「貴方は、レナルド・アンペールさんですよね? 間違いありませんね?」

「ええ、もちろんです。でも、僕を捕まえたって、なんの解決にもならない。とにかく、今は、ザーラを保護して下さい。そちらが、優先です。ええ、僕はここで大人しくしていますから」

「とにかく、警察へ連行します。それが私の任務です」

「ちょっとだけ、待ってもらえませんか。電話をかけても良いですか?」

「どこへ? 弁護士ですか?」

「フランスの警察です。確認させて下さい」

「私は、今の会話を録音しています。電話も録音されます。よろしいですか?」オザキは言った。

ポケットにレコーダでも入れているのだろう。

「かまいません」

「手短にお願いします」

パリ市警のクールベにかけることにした。頼むから出てくれ、と願いながら。

3

電話はすぐにつながった。時差のタイミングが良かったことに感謝した。

「ああ、アンペールさん、こちらからかけようと思っていました。どこにいらっしゃいますか？」

「日本の警察に掴まったところです。どういうことですか、これは？」

「ああ、そうですか。では、こちらへ戻っていらっしゃったら、説明します」

「今、してもらえませんか？　リオンを見つけたのです。もう少しのところに、いるんです」

「簡単に言いますと、パリ市警は、貴方に逮捕状を出しました」

「まさか。どうしてそんなことに？」

「本来は、それにお答えするのは、私の仕事ではありませんが……」

「クールベ刑事、教えて下さい」

「三つの事件の遺留品に共通するＤＮＡが見つかったって、連絡しましたね」

「ええ、それは聞いています」

「それが、貴方のＤＮＡだったんです」

「え？」

「貴方のデータが、こちらにありました」

「ええ、そういえば、ずいぶんまえに、検査をしてくれと言われました」

「それと、完全に一致したのです」

「そんな馬鹿な！　絶対になにかの間違いですよ」

「私もそう思って、何度も確認をしました。でも、科学的な検査の結果です。覆《くつがえ》すことはできません。ただ、これまでにも、ＤＮＡが偶然に一致していた、という例はありますので、百パーセントではありません。どれくらいの確率かわかりませんが、とにかく気の遠くなるような……」

「本当ですか？　では、ブルッホ刑事に渡した、スーレイロルからの二つのサンプルも？」

「そちらは、まだ確認はできていませんが、最初の結果では、同じだったそうです」

「殺人事件があったときに、僕がリオンと接触した、という証拠になるんですか？」

「ええ、その、科学的というか、物理的には、そういうことになります。ただ、アンペールさん、貴方が事実を覚えていない、ということはあるかもしれません。そういう病気は……」

「もうけっこうです！　わかりました」僕は電話を切った。

溜息をついた。頭の中が沸騰《ふっとう》するほど興奮していた。呼吸が苦しいほどだった。

とにかく、落ち着かなければならない。

どうすればいい？

何を考えればいい？

「どうでしたか？」オザキがきいた。

「私が、殺人犯だと言っていました」僕は首を左右にふっていた。

「なにかの間違いだ、と私も信じたい。それでも、職務上は貴方を連行しなければなりません。ご理解下さい」

「ええ、抵抗はしません。手錠をかけますか？」

「今は、その必要はないと思っています。でも、いずれは……」

「フランスでは、手錠をされている写真は撮られません。日本もそうですか？」

「ええ、そうですね。隠しますね」

「それは良かった」

僕は諦めた。というよりも、自分に諦めるように言い聞かせた。間違いであることは確かだ。ちゃんと説明ができるはずだ。しかし、まだ頭が回らない。どうしてこんなことになったのか……。

しかし、そのとき、大きな破裂音がした。

「銃声だ」僕は口にした。フランス語だったから通じなかっただろう。

続いて、悲鳴が聞こえた。僕は咄嗟《とっさ》にドアを開けようとした。しかし、それは開かなかった。ロックがかかっているようだ。

「ザーラ・レッシュのところへ！」僕は叫んだ。「聞こえたでしょう？　あれは、拳銃の音です」

オザキが車の外へ出た。僕は彼に続いて、そちらのドアから飛び出した。

「待って、アンペールさん、車に戻って下さい！」オザキの声を後ろに聞く。

病院のドアから何人かが飛び出してきた。逃げているようだ。そのため、二つの自動ドアが開いたままだった。僕はそのまま中へ走った。

大勢が右往左往している。悲鳴が上がっている。

受付の横を走り抜け、奥へ進んだ。
突き当たりで、右手へ。
その通路の先にも何人かいた。
奥の方で走っている者がいる。遠ざかる方向だ。
さらに奥へ進む。
ドアが開いたままの白い明るい部屋の前。
室内が見えた。看護婦が数名、壁際に立ち尽くして、口に手を当てていた。
ベッド。
白いシーツ。
そこに赤い血。
僕は部屋に入る。
顔が見えた。
白い顔。
「レナルド」弱々しい声が。
僕はベッドに駆け寄った。
「リオン、大丈夫か？　どこを撃たれた？」
赤い血が。

流れ出ている。

彼の胸から。

しかし、すぐに通路に戻った。

通路の奥で、人がぶつかって、なにかが倒れる音。

そちらへ走った。

後ろから誰かが叫んだが、言葉はわからない。

全力で通路を奥へ。

右に出口があった。

左には階段。

右のドアが、僅かに揺れている。

そちらへ走る。

リオンを撃ったのだ。銃を持って逃げている。警察に任せれば良いではないか、という考えが一瞬過《よぎ》った。

戻って、リオンを助けなければ、とも考えた。

しかし、ここは病院。治療はすぐに行われるだろう。

死なないでほしい。とにかく、死なないでほしい。

外へ出ると、周囲には高いコンクリートの壁。

裏庭のようなスペースだった。暗いが、常夜灯の白い明かりが全体を照らしている。

左に階段が見えた。

そちらへ。

駈け上がった。

その先にはまた塀がある。

右は、隣の建物の壁。

塀の突き当たりから、左へ抜けられるようだ。

そちらへ走る。

微かに音がした。

どこだ?

左は暗い。建物と塀の間が二メートルほどある。抜け道になっていて、向こうに明るいスペースが見えた。しかし、人影はない。

そちらへゆっくりと進む。

さきほどよりも暗い。

左手で建物の壁に触れながら進んだ。

先は駐車場のようだ。通りに通じているのだろう。そちらへ逃げたのか。

進んでいる途中、僕の左手が冷たいパイプに触れた。

見上げると、上に非常階段があった。一番下だけが階段ではなく、梯子《はしご》になっているようだ。上を注意深く見上げる。音はしない。

風もなく、静かで。

車の音なのか、漠然とした雑踏音が遠くから聞こえてくるだけだった。

上を見ている僕の顔に、砂が落ちてきた。

僕は梯子を握り、躰を持ち上げる。壁に靴を当て、よじ上った。

階段に上がったとき、下に足音が近づいてきた。僕を追ってきた警官だった。頭を下げて、それをやり過ごす。

駐車場の方へ走っていった。二人だ。

僕は階段をゆっくりと上がった。

二階のドアの窓から通路も覗く。室内に入ったら、ドアの音が聞こえたはずだ。

さらに階段を上へ。

次のドアも確かめた。さらに上へ。

四階まで来たとき、すぐ上に人がいるのが見えた。どうやら、屋上へは出られないらしい。

さらに階段を上がっていった。

踊り場まで来た。

斜め上、数メートルのところに、銃を構えた男が立っていた。

僕は立ち止まる。

手摺りに手をかけたまま。

相手は、両手で銃を持っている。

暗くて、その表情はよく見えなかった。

でも、息遣いが聞える。

自分の息遣いも。

「その銃を下ろしてくれ」僕はゆっくりと言った。もちろんフランス語で。「もう、これで終わりだ」

「それは、わかっている」

「どうして？　何故、こんなむちゃなことを？」

「パリ市警から、電話がこちらにあったから」

「そうか……、そちらへさきに電話があったんだね」僕は頷いた。「さあ、とにかく落ち着いて、話をしよう。その銃を下ろしてほしい。一緒に、フランスへ帰ろう」

「謝った方がいい？」

「え？　それは、まあ、そうだね」

「ごめんなさい、でも……」

そこで、言葉が途切れた。泣いているのだ。僕は待つしかなかった。

僕は、とうに泣いていた。

涙が溢れて、ほとんど前が見えないほどだった。

「でも……、こうするしかなかった」

「どうして?」

「わからない?　貴方を愛しているからよ!」

「ミシェル、落ち着いて」僕は階段を一歩だけ上がった。「僕を撃ってもいい。それで気が済むならね。僕も、君を愛している。本当だ」

「嘘だ!　リオンに夢中だった、そうでしょう?」

「それは、違う。絶対に違う」

「違わない。リオンは、私のことを、貴方だと思っているのよ。わかる?　彼は、私ではなくて、貴方を愛しているの。ずっとそう。最初からそう。私には、それがよくわかった」

「でも、僕は違う。リオンがどう思っていたか、僕は知らない」

「そんなはずない!」

「本当だ、信じてくれ……」

「上がってこないで!　撃つわよ」

「撃てばいい。君を失うよりは、その方がいい」

「来ないで!」

「ミシェル、その銃をこちらへ。お願いだから」

下へ人が駈け寄ってくる音が聞えた。

「アンペールさん、大丈夫ですか？」オザキの声だった。

しかし、僕は目を離さなかった。

離すわけにはいかなかった。

もう一段ステップを上がったとき、
ミシェルは、僕に向けていた銃を持ち上げた。

その手が、
彼女の頭の横へ。

「ミシェル」

銃声が。

「やめろ！」

鳴り響いた。

その躰は、弾かれるように、斜めになり、手摺りにぶつかった。僕は階段を一気に駈け上がり、
彼女の崩れる躰を受け止めた。

「ミシェル！」

温かい血液が僕の手を濡らし始めた。

彼女の躰はもうまったく動かなかった。拳銃を握った手がどこにあるのかもわからなかった。僕は、彼女に顔を近づけていた。頬に頬を当てていた。とても温かい。

「愛している」

どうしてこんなことになった？

どうして？

階段を上がってくる音が近づく。

すぐ後ろに誰かが立った。

「アンペールさん、その人は誰ですか？」オザキがきいた。

でも、僕はとても答えられなかった。

警官もやってきた。ミシェルの手にあった拳銃を取り上げた。

「治療室へ運びましょう」オザキが言う。

僕は、ミシェルの躰から離れ、立ち上がった。

どうにか、自分の足で立つことができた。

一フロア下でドアが開き、何人かが階段を上がってくる。皆がなにかを叫び合っていた。やがて、担架が来た。それに、ミシェルは乗せられた。もう人間ではない。人形のようだった。

「誰ですか、この男は」オザキがまた質問した。

きっと、暗くてよく顔が見えなかったのだろう。明るければ、そこに倒れているもう一人の僕を見たはずだ。

「僕の弟です」僕は、何故か、妻と言えなかった。

「弟？」

「僕たちは、双子なんです」

4

二人は集中治療室で外科治療を受けている。僕は通路のベンチに座っていた。すぐ近くに、警官が立っている。たぶん、僕を見張っているのだろう。オザキもいた。ときどき、彼は僕の横に座って話しかけたけれど、僕はなにも話したくなかった。

沢山のことを思い出した。

小さかったときのこと。そして、もちろん、ミシェルに初めて会ったときのことだ。彼女は、生まれてすぐに親戚の家の養子になった。だから、ずっと僕たち二人は会わずに、お互いを知らないまま育ったのだ。だから、初めてその姿を見たときの衝撃は今も忘れられない。

自分のもう片方がいた、という感覚だろうか。

ああ、そうか、愛すべきものがここにあったのか、という安堵のような気持ち。

本当に、宗教的なほど、それは決定的だった。

彼女は、女性だった。でも、あまりにも僕と似ているから、不思議に思った。僕たちはもう九つだった。会ったのは、僕の父が死んだ、その葬式のときだったけれど、もちろん、それはミシェルにとっても、本当の父だったわけだ。だから、しかたなく、彼女をつれてきたのだった。

ミシェルは、女性だった。女性として育った。長距離走が得意で、その記録は目立っていた。地区大会で優勝を重ねて、注目される存在になっていた。ところが、十六のときに、検査をして、女性ではないことがわかった。そして、その後の大会に出られなくなった。オリンピックを諦めたのもそのせいだ。どうして、そうなったのかはわからない。僕も同じ条件だったかもしれない。たまたま、僕は男性として育てられたし、スポーツをしなかったし、検査も受けなかった。それだけの差だった。なにも違いはないのに。

僕たちは、自然にお互いに引き寄せられ、近づいた。十五のときには、結婚の約束をしていた。誰にも話さなかった。親戚の人々は反対するに決まっているからだ。彼女が女性ではないとわかっても、僕はかまわなかった。同性でも結婚が認められる時代になったし、そんな制度や権利に関係があるとも思えなかった。僕たちは、僕たち自身がお互いを認めれば、それで充分だった。

ミシェルは、僕の前では女性であり続けた。ずっと優しい妻だった。なにも不足はない。なにも不満はない。それで充分だったのではないか。

でも……、

こんなことになった発端は、もちろん僕にある。

僕が、美貌のルームメイトの写真をミシェルに送ったからだ。

今思えば、あのときから、彼女は狂い始めたのだ。

僕だって、リオン・シャレットには目を奪われた。心を揺さぶられたかもしれない。理性で拒絶していただけで、僕は彼を求めていたかもしれない。それを、ミシェルは見抜いたのだ。誰よりも僕のことを知っているのだから、当然だったといえる。

少し離れたところでドアが開き、医師が出てきた。オザキが彼と話をしている。僕はじっとその様子を見ていた。オザキは頷き、医師に頭を下げて、部屋の中へ戻っていった。

オザキがこちらへやってきた。僕の隣に腰掛ける。

「ザーラ・レッシュさんは、重体ですが、たぶん、大丈夫だそうです」

「そうですか、ああ、良かった……。あの、ミシェルは？」

「死亡が確認されました。もう少し処置を続けると言っていましたが、蘇生の可能性は極めて低いそうです。残念ですが……」

「目の前で見ていましたから、わかっています。無理だと覚悟していました。そうですか、リオンは助かるのか……」そこで、僕はしゃべれなくなった。

息が詰まり、喉が震えた。

良かった。

「二人ともでなく、良かった」僕はオザキに言った。涙声になっていただろう。二人とも逝ってしまったら、どうしようかと考えていた。

僕だけが残されて、
ただ一人だけ残されて、
それではあまりにも、虚しい。

すべてが虚しい。

どうしようもなく、虚しい、と感じていた。

「弾が急所を逸れていましたし、それに手当がすぐにできましたからね。普通の条件であれば、失血で危険な状態になっていたでしょう」オザキが言った。「ところで、あの人も、ザーラ・レッシュさんも、その、本当に男性なのですか？」

「ええ、そうです」

「綺麗な人ですね」オザキは、少し微笑もうとした。というよりも、僕を励まそうとしたのかもしれない。

僕もそれに応えて頷いた。涙を止めることもできた。

「ミシェルは、生まれてすぐ、親戚の養子になったんです。それで、九つのときに出会いました。それ以来、僕のパートナです。掛け替えのないパートナでした」

「彼が、向こうであった連続殺人の真犯人なのですか？」

「ええ、たぶん、そうです」

「どうして、何人も人を殺したのでしょうか？」

「わからない。いえ……、わからないわけではありません。理由を言葉にすることはできると思います。でも、それをそのまま信じることはできない。やはり、ほんの少しのところで、越えてしまったラインがあって、ええ、それで、たまたま、僕は人を殺さなかったし、こうして殺されずに済んだんです。ほんの少しの違いですよ」

「ええ、わかります」オザキは頷く。「生まれたときは、皆同じですからね。生まれながらの悪人なんていません」

「あの、僕を連行しなくても良いのですか？」そういえば、と思い出して、僕はオザキにきいた。

「貴方にそっくりの人間がいて、ザーラ・レッシュを撃って逃走し、そのあと自殺した。レナルド・アンペールは保護されているが、彼のことを自分の双子の弟だと証言している。そう伝えました。まだ、フランスからの連絡はありません。でも、貴方が犯人だという証拠は、DNA鑑定の結果だったのですから、一卵性双生児は充分にその反証になるわけです」

「手錠をかけられずに、帰れそうですね？」

「もちろんです」

「リオンと一緒に帰りたい」

「それは、どうでしょう。ちょっとわかりません。容態によると思います」

オザキは病院から出ていった。オフィスに戻って報告をしなければならない、と話した。僕は、その場に残った。警官もまだいた。でも、もう必要ないだろう。

終わったのだ。殺人者はマフィアではなかった。単なる個人の愛憎の歪《ひず》み。そんな簡単な言葉で片づけられるとは到底思えないけれど、しかし、それ以外に表現できる言葉もない。

リールのモーテルで、フレデリク・シャレットを殺したのも、ミシェルだろうか、と考えた。たぶん、そうだろう。証拠は出ないかもしれないけれど、あれが最初だった。当時既に、ミシェルとリオンには関係があった。リオンは、ミシェルのことを僕だと思っていたのだろう。また、フレデリクとリオンも、モーテルで密会するくらいだから、きっと関係があった。フレデリクは、オルガ・ブロンデルをリオンの中に見ていたにちがいない。ミシェルは、リオンに関わる者を憎悪した。嫉妬した。

でも、最初は違っていたかもしれない。あれは、きっと計画的な行動ではなく、鉢合わせになったのか、とにかく突発的なものだったのではないか。ただ、あれが、すべての切っ掛けになった。あそこで少しだけ外れた軌道が、どんどん異常さを増していったのだろう。

もうすべては、想像するしかない。

リオンが詳しく語るとは思えない。彼は、イザベル・モントロンの事件では、見たとおりの証言をしているのだ。でも、誰も彼を信じなかった。怖ろしい光景を、リオンは目の当たりにした。しかも、二度めだった。もうこの怖ろしい神からは逃れられないと心に刻んだかもしれない。彼の中には、その怖ろしい神が宿り続けることになった。逆に、自分に言い寄ってくるものは、すべて神が排除してくれる、と考えたかもしれない。彼も、狂わされてしまったといえる。

おそらく、その恐怖から、ルネ・スーレイロルに縋《すが》ったのだろう。スーレイロルは、どう考えていたのか。もしかして、真相を知っていただろうか。それは、ちょっと考えにくい。彼は僕を疑ってはいなかった。僕にサンプルを渡したからだ。したがって、スーレイロルは、リオンの神が誰なのかは知らなかったのだ。

翌朝になって、リールのテモアンから電話がかかってきた。

「今から、もう寝るところですよ」テモアンは言った。「長い一日だった。そちらも、そうだったでしょう」

「ええ。こちらのことは、伝わっていますか？　聞かれたのですか？」

「だいたいのことはね。大丈夫ですか？　アンペールさん、気を落とさないように。帰ってきたら、どこかで二人で飲みましょう」

「ありがとう」

「ついさっきですが、クールベとも話しました。謝っておいてほしいと頼まれましたよ。しかたがないでしょう。貴方の兄弟のことなんて、誰も知らなかったんですから」

「ええ、誰も悪くない」

「誰も悪くない？　うん、まあ、そうかな」

「リールの証拠については、鑑定結果が出ましたか?」

「いや、まだです。もう、どうだって良いでしょう」

「そうかもしれません。でも、貴方は刑事でしょう? 諦めないで下さい」

「ええ、そうですね」

「リオンは重傷なんです。しばらくそちらへは帰れないかもしれない」

「貴方は、帰ってきた方が良い」

「そう、遺体を運ばないといけませんからね。葬式もしてやらないと」

「そういうことです。辛《つら》いでしょうが」

「じゃあ、ええ、また……、もう切りますよ」

「アンペールさん」

「え? まだ、なにか?」

「帰ってきて下さいよ、約束して下さい」

「ありがとう。約束します」

「こういう仕事をしているとね、まあ、九割方は、辛い場面ですよ。だから、一割でも、その、笑っていられる時間が楽しみです」

「そうですね」

「元気を出して下さい」

「ええ、ありがとう」

5

その日の午後には、リオンに面会が許された。手術が終わってから、彼は十時間も眠っていた。目が醒めたばかりだと看護師が説明してくれた。

消毒をして部屋に入り、彼のベッドの横に立った。リオンは目を開けていた。黒髪のウィグはなく、カールした金髪だった。触れたかったけれど、まだ、触らない方が良い、と思えた。

瞳が僕を捉えて、顔を僅かにこちらへ向けた。

「リオン」名前を呼ぶ。

彼は黙っていた。

じっと、こちらを見ている。

口が少し動く。

僕は、顔を近づけて、声を待った。

「怒らないで」彼はそう囁いた。

僕は、彼の顔を見て、頷いた。

「誰も怒っていないよ」

「殺さないで」彼の声は少し大きくなった。

「大丈夫だよ。もう、誰も死なない」

リオンが片手を持ち上げた。こちらへ差し出す。

僕は、看護師を見た。手を握っても良いか、とジェスチャできいた。

看護師が頷いた。

僕は、リオンの左手を取った。両手でそれを受け止めた。

冷たい、軽い、手だった。

まるで、天使の翼のように。

壊れそうな、か弱い、翼だった。

細い指には、こびりついた血の跡がまだ残っている。

僕は、そこに口づけしたいと思った。でも、今はできない。

リオンは、じっと僕を見つめている。もうなにも言わなかった。

しばらくして、視線を逸らせ、そのまま目を閉じた。

僕は、彼の手をベッドの上にそっと戻してやった。

ベッドの向こうに、液晶モニタがあって、脈拍や血圧を表示していた。規則正しい波形のグラフィックスが横に流れている。

生きているだけで充分だ、と僕は思った。

彼が生きているだけで、僕は幸せだ、と感じた。

6

そのあとの、数々の経験は、すべてが夢の中のように希薄で、僕という人間の半分が機能していないのではないか、と思えるほどだった。あとになって、思い出してみても、なおぼんやりとしてるし、そんなに時間が過ぎたという自覚さえ持てなかった。

僕は、二日後にフランスに戻った。ミシェルの遺体も一緒だ。冷凍された状態らしい。それはフランス警察の検査に回っている。リオンが戻ってくるのは、少なくとも一週間以上さきだと聞いていた。

自宅で一日休んだあと、オフィスに出かけ、辞表を提出したが、上司は首をふった。

「受け取れない。理由がない」

「僕の都合です」

「頭を冷やして、もう少し冷静になってから、もう一度会おう」上司はそう言った。

しかたなく、休暇を延期する手続きを取った。

会わなければならない人は多かったけれど、会いたくない人も多かった。ただ、ミシェルを育てた人には会った。彼女は六十歳で、僕の父親の叔母に当たる。会うのは二回めだった。もちろん、一回めのときに、僕はミシェルに初めて会ったのだ。

彼女は、僕を抱き締めてくれた。なにも言わなかった。ただ僕に、なにも言わなくて良いとだけ言った。二人でしばらく泣いた。別れるときに、写真を何枚かもらうことができた。ミシェルがまだ小さいときのものだ。僕に似てはいるけれど、それは可愛らしい少女だった。トラックを走っている姿もあった。地区大会で優勝したときの写真もあった。その一枚では、彼女は月桂冠を被っていた。優勝者に与えられるものだったらしい。

その翌々日だったか、フランクフルトからブルッホが訪ねてきた。僕の自宅へ来たのだ。ドアを開けたときには、少々びっくりした。

「突然ですみません」ブルッホは言った。「よろしいですか?」

「どうぞ。ちょっと、ちらかっていますけれど」

「かまいません」

彼にソファに座ってもらい、僕はインスタントのコーヒーを出した。

「なんと、申し上げて良いのか……」

「いえ、ありがとう。もう大丈夫です」

「良かった、元気そうで。仕事を休まれていると聞いたので……」

そうか、そこで自宅の住所を知ったのか。

「辞表を出したのですが、受け取ってもらえないので、しかたなく、休暇を取りました」

「辞表は良くない。そんな必要はないでしょう?」

「今日は、どうしていらっしゃったのですか?」僕も椅子に腰掛けて、彼に尋ねた。

「ええ……、実はですね……」ブルッホは、ポケットから写真を取り出した。「この男を逮捕しました。イタリア人です」

彼が持ってきたのは、警察で撮られたものだろう、正面と横顔の二枚だ。その顔には見覚えがあった。それに、写真で見るのも二度めだった。マフィアと会ったときにも、見せられたからだ。

「見覚えがありますか?」

「はい」

「別件で逮捕しました。カードの偽造です。その中に、ザーラ・レッシュ名義のカードもありました。ミラノのランディ刑事とも連絡を取って、どういう人間なのかもだいたいわかりましたよ」

「そうですか、なにか、ザーラのことで話しましたか?」

「ええ、あの、エジー・ノイエンドルフの殺人があった同じ夜に、秘密クラブを装って、店に貴方を誘い入れた、と」

「それは、リオンに頼まれたことだったのですか?」

「そうです。本当かどうかわかりませんが、そう言っていますね」

「どうして、あんなことをしたのでしょうか?」

「つまり、ザーラ、いいえ、リオンは、貴方がフランクフルトへ来たことで、エジー・ノイエンドルフが殺されると考えたんです。だから、貴方が、エジーを殺さないように、彼女のところへ行かないようにしたのでしょう」

「ああ、なるほど……。それで、睡眠薬かなにかを僕に飲ませたのですね」

「そこまでは、証言は得られませんでしたが、たぶん、そうだった。でも、朝まで、貴方を摑まえておいたのに、エジーは殺されてしまった」

「そこで、僕ではない、と気づかなかったのかな」

「たぶん、こいつは気づいたでしょう」そう言って、ブルッホは写真を指差した。「でも、リオンはどう思ったでしょうか?」

「神様ならできる、と思ったというのですか?」

「そのとおりです」ブルッホは頷いた。「人間の力では、とてもかなわない、と考えた。だから、怖くなって、そのまま逃げたのです」

「そんなに、僕のことを怖がっていたなら、どうして、彼はわざわざ会いにきたのでしょうね。一度、オフィスへ来たときです」

「そのあたりは、本人が生きているのですから、きいてみて下さい」ブルッホは言った。「まあ、なんというのか、もちろん、怖いだけではない、ということなのでは？　まさに、神として見ているわけですよ」

「ルネ・スーレイロルは、どう考えていたでしょうか？」

「たぶん、リオンが話したことは真に受けていなかった。彼は、一連の事件は、リオンを追っているマフィアの仕業だと考えていたのでしょう。それで、リオンが死んだと偽装した。そのときには、反対勢力のマフィアを利用している。しかし、金払いが悪かったのか、姿を消したことで、その嘘もすぐにばらされてしまった。警察に情報が知れれば、自動的にマフィアに知られます」

「実際には、どうなのですか？　マフィアのボスは、ジャンニ・ピッコが殺されたことで、仕返しをしようと思っていたのでは？」

「でも、リオンがやったのではない可能性も考えていたはずです。犯人が突き止められれば、そいつを殺そうと考えていた。ですから、どちらかというと、危なかったのは、貴方の方ですよ、アンペールさん。もし、日本で犯人が捕まらずに、貴方が戻ってきたら、たぶんどこかで撃たれていたでしょう。たいていは、裁判になるまえか、裁判の途中でやられます」

「そうか……。そういえば、ミシェルは、日本のマフィアから拳銃を買っていたようです。日本に伝手があると話していたこともあります」

「彼が、スーレイロルとリオンを日本で撃ったのは、どうしてなんでしょう？」ブルッホは僕にきいた。

「わかりません。そんな話はしなかった。でも、二人が逃げたことで、やはり嫉妬をして、もうすべてにけりをつけようとした。だから、リオンまで殺そうとしたんです」

「ということは、最後には貴方を選んだ、ということですね？」

「そうでしょうか。ミシェルは、僕のことも恨んでいたようでした。なにもかもが、歪《ゆが》んで見えていたんです、彼女には」

「考えてみたら、アンペールさんにとっては、これはラッキィな結果だったといえますよ」

「とても、そんなふうには考えられませんが」

「でも、もしなにも知らずに、このまま暮らしていたと考えて下さい。凶悪犯と一緒に生活をして、しかも、マフィアからは狙われているわけです」

「撃たれたら、それっきりですからね。悲しむこともない。その方が良かったかもしれない」

「いいえ、それは違います。悲しまないで死ぬよりも、生きて悲しみを感じられる方が、ずっと幸せです。命というのは、貴方だけのものではありません。神から授かっているものなのですよ」

「そうですね。おっしゃるとおりです」

「いや、失礼しました、なんというか、貴方に私の考えを押しつけるつもりではありません。これは、ただ、私の個人的な願望です」

7

二週間後に、リオン・シャレットはフランスへ戻ってきた。容態は安定し、飛行機に乗る許可が下りたからだ。医師も付き添い、警察のオザキも一緒にやってきた。空港で出迎えたけれど、リオンは、僕の顔を見てもなにも言わなかった。ぼんやりとした表情で、子供のようだった。彼はそのまま、パリ市内の病院へ運ばれた。いちおう、警察が厳重な警護をする。万が一のことがないとはいえないからだ。

また、ドイツからブルッホが、イタリアからランディがパリへやってきた。東京からきたオザキも交えて、事件の担当者で一度集まろうということになったためだ。言い出したのは、ブルッホだった。フランスからはもちろんクールベとテモアンの二人が参加した。僕は幹事役を引き受けた。といっても、電話で会議室の予約をしただけだ。

このときには、もう僕はオフィスで仕事を再開していた。辞表はなかったことにする、と上司に言われた。僕は、彼に礼を言った。職場の仲間も僕を笑顔で迎えてくれた。なにもなかったかのように、また普通の生活が始まりつつあった。違うのは、自宅に僕一人しかいないという点だけだ。多少の寂しさは感じたものの、それよりも、不思議なことに、自分が以前よりも自由になっていると感じられた。

リオンの元気な顔を見たことも嬉しかった。オザキにまた会えたのも、僕を明るくしただろう。会議というようなものではなく、お茶を飲みながらの歓談で、食べ物やアルコールがあればパーティになっていただろう。みんな明るかった。僕もできるかぎり明るく振る舞った。そう振る舞っているうちに、本当に気持ちが軽くなった。

事件の話をしなかったわけではない。テモアンは僕に、日本の警察に捕まって、DNAが自分のものだと知らされたとき、どう思ったのか、そのときに、真犯人が誰かわかったのか、と質問した。

「いえ、まだ、そのときは、考えは及びませんでした。そんなはずはない、なにかの間違いだという気持ちの方が強かった。それに、もしかしたら、僕は自分の知らないうちに、別人格として、犯罪を行っていたのだろうか、と想像しました。そのときに、銃声を聞いたんです」

「そうでした。アンペールさんを説得して、連行しようとしたとき、二人で車に乗ったときでしたね」オザキが言った。「まさに、車を出そうとしたところでした」

「たぶん、そのままアンペールさんが連行されていたら、日本で起こった殺人は、マフィアのせいだということになっていたでしょう」ブルッホが言った。「こちらの事件では拳銃が使われていない。場所も状況も違いすぎる。同じ犯人だとは考えなかったと思います」

「そもそも、何故、日本に来たのですか?」オザキが尋ねた。「ルネ・スーレイロルもザーラ・

レッシュも、それに犯人も」

「ミシェルは、日本にビジネスの関係で来ていた」僕は説明した。「おそらく、リオンと連絡を取り合っていたでしょう。台湾や日本に逃げようとしていたのは、スーレイロルで、その情報がリオンから漏れていたのです」

「東京で、リオン・シャレットから断片的に聞き出したところでは、スーレイロルが来る二日まえに彼は日本に来ています。スーレイロルが予約をしたホテルにいました。そして、スーレイロルが日本に来た日に、すぐに二人は会っている。スーレイロルが電車の中で撃たれたのは、その直後です。つまり、犯人は、少なくともリオンの居場所を把握していた」

「では、そのあと、リオンは逃げたのですね」僕はきいた。

「そうです。スーレイロルが撃たれたことを知ったからです」

「どうやって知ったのですか?」

「それは、犯人が直接、彼に会って、そう話したのでしょう」オザキは言った。「だから、怖くなって、隙を見て逃げたわけです」

「靴も履かずに……」僕は言った。「教会へ逃げ込んだんですね。熱があったと聞きました」

「そのあたりのことは、話してもらえませんでしたね」オザキは首をふった。「アンドウ牧師から聞かれたのですか?」

「そうです。あのとき、僕はつけられていたのですね。礼拝堂の会話を聞かれたのでしょうか。

そういえば、入口の付近に誰かいました。あれで、たぶん、病院へ先回りされたのだと思います」

「なるほど」オザキは頷いた。「私は、警察の無線が傍受されていたのでは、と疑っていました」

オザキはその後も何度か頷いた。これで、彼が思い描いたストーリィの辻褄《つじつま》が合ったようだ。

「これから、リオン・シャレットにいろいろ尋ねなければなりませんね」テモアンが、隣に座っているクールベに言った。

「しゃべってくれると良いのですが」クールベは頷いた。「モントロンのとき、鍵を開けたのは、リオンなのでしょうか。どうして、リオンを連れて逃げなかったのでしょうね。いろいろと不思議なところがある」

「異常な行動です」テモアンも頷く。「でも、異常な行動、不思議な行動なんて、犯罪現場にはいくらでもある。どんな不思議な行動だって、どんな異常な行動だって、人を殺すことに比べれば、まだ正常ですよ」

オザキは、飛行機の時間があるので、と言い、最初に部屋を出ていった。

「シミズさんに、ありがとうと言う機会がなかった。伝えておいて下さい」僕はオザキに言った。

「ああ、彼は、今、ザーラ・レッシュに夢中ですよ。パソコンの画面が、彼女の写真になっている」オザキは笑って片手を上げた。

ブルッホとランディは、二人で空港まで一緒に行くと話した。マフィア関連の情報で、打合わせがあるという。そして、フランス人の三人が残った。

「犯人が死んでしまうというのは、気持ちの良いものではありませんね」クールべが呟くように言った。

「すいませんでした」僕は謝った。

「いえ、違います。貴方のせいではない。誰のせいでもありません。ただ、裁判ができないし、真実はわからないままです」

「裁判をしたって、真実はわからない」テモアンが言った。「自分が納得できるかどうか、それしかないよ」

「どうも、いろいろとお世話になりました」僕は二人に礼を言った。「感謝しています。もう、これで、お会いすることもないかもしれませんね」

「まあまあ、そういうのはやめよう」テモアンが僕の方に手を回した。「さあ、飲みにいこう。約束じゃないか」

「え、今日ですか?」

「なにか、不都合でも?」

「いえ、特には……」

「あの……」クールべが言う。「私もいいですか?」

「は?」テモアンが眉を顰める。

「いえ、あの、また別の機会でも」

「いいに決まっているじゃないか」テモアンが笑う。

僕は、テーブルの上を片づける。鞄に荷物を入れた。上着を取りにいくと、テモアンが僕のジャケットを持って待っていた。

「大事件を一人で解決したアンペールさん、どうぞ」彼は言った。

「僕が解決したわけじゃないですよ」

「じゃあ、誰が？」

「さあ、神様でしょうか」

エピローグ

退れ！　バビロンの娘！
女こそ、この世に悪をも
たらすもの。話しかけて
はならぬ。聴きたくない。
おれが耳をかたむけるの
は、たゞ神の御声のみだ。

リオン・シャレットの躰の傷は、回復に向かった。けれど、彼の心は閉ざされたままだった。警察は、事件に関する証言を彼からなにも得られなかった。僕は三度、病院へ彼を見舞いにいったけれど、一度めの彼は黙ったまま、ただじっとこちらを見つめるだけ。二度めのときは、僕を見て震え出し、看護師に縋りついて逃げようとした。興奮させてはいけないので、僕は遠くから見ているしかなかった。三度めのときは、少し落ち着いていて、僕の名を口にした。

「レナルド」

無表情で、そう言った。それは、あの寮の一室で、本を読んでいるときの彼とまったく同じ顔だった。こちらが話しかける言葉に頷くこともない。途中で目を逸らせてしまう。

医師の話では、日常の会話もほとんど無理で、暴れたりすることはないものの、コミュニケーションは取れない。シーツを被ったまま出なかったり、食器を突然落とすことがある。言葉でコントロールはできない、という。

それでも、見た目は元気そうに見えた。顔色も良くなったし、髪も伸びた。相変わらず彼は美しい。看護師たちにも人気で、世話を焼く者が多く、いつも身なりも綺麗にしているらしい。少しずつ良くなっている、と僕には見えた。なによりも、彼が生きていることが、本当に嬉しい。それだけで充分だった。

その後、夏の終わりに、ベルギーのカトリーヌ・シャレットを訪ねた。

彼女は、死んだと聞かされた義理の弟が生きていたことが嬉しい、と話した。テモアンは、少しニュアンスが違うことを語っていたが、彼女の言葉を、僕は素直に信じたいと思った。彼女もリオンに会いに一度パリへ行ったと話した。あのままでは、日常生活は無理かもしれない。その場合は、母親と同じ病院に入れるのが良いのではないか、とも言った。

でも、僕はそれには反対だ。彼を病室に閉じ込めてしまっては、治るものも治らない。そう思えた。けれども、もちろん彼女にそんなことを言える立場ではない。リオンに大怪我をさせたのは、僕の身内なのだ。カトリーヌ・シャレットにしてみれば、自分の屋敷に入れるつもりはない、ということらしい。それは、わからないでもない。基本的には、信頼されていない、血のつながりのない家族なのだ。

帰る途中に、僕は、自分がリオンを引き取れないか、と考えた。彼一人を養っていくことくらいはできる。少なくとも経済的には可能だろう。ただ、彼が僕を怖がるのではないか、という心配があった。彼のその深い傷を治すには、長い時間がかかるだろう。むしろ僕は、彼から遠ざかった方が良いかもしれない。

それから、ジャカール教授と再会することができた。リヨンの大学を訪れる機会が彼にあったためだ。東京以来で、二カ月振りだった。夕食をともにすることになり、レストランで落ち合った。

最初は、事件のことは話題にならなかった。日本での学会のこと、それから、最近の研究や学生のことを彼は話した。たぶん、僕に気を遣っているのだろう、と思った。

それでも、僕が大丈夫だとわかったからだろう、少しずつ事件の話になった。以前も驚いたが、教授はかなり詳しかった。何が起こったのか、つまり、いつどこで誰が何をしたのか、ということをほぼ把握していた。ただし、どうしてそうなってしまったのか、つまり動機や心理という面では、理解が及ばない部分が多々ある、と話した。

「僕自身、まったくわからないことばかりです。それに、リオンはなにも話してくれません。彼は、この僕が殺人者だと今も思っているでしょう、たぶん」

「そうだろうか。彼は、知能が低いわけではない。私の授業の単位だって取っている。論理的に考えられる頭脳を持っているはずだ。きちんと説明をすれば、理解できるだろう。たとえ、今は心を閉ざしていても、きっといつかはわかってくれるんじゃないかね」

「彼は、僕のことを怖れているんです。近づくこともできません。僕の顔を見ると、酷く怯えてしまって……」

「それは、君を愛しているからかもしれない。人間は神を怖れている。目の前に神が現れたら、怖れおののいて、震えてしまうだろう？　異常な心理ではない。ごく常識的なものだ。それは、神を心から信じているからだし、同時に、神を愛しているからだよ。それに、神を信じるというのは、自分が神に愛されていると信じることなんだ。違うかね？」

僕にとって唯一の救いというのは、夜のオフィスでリオンと会った、あのときの体験だった。階段の踊り場で、彼は僕に抱きついた。遠くへ行く、と言った。何故だろう？　神から逃げるために遠くへ行くのならば、僕にさようならを言いにはこない。それとも、彼は、僕の中に神と普通の人間を、別々に認識していたのだろうか。僕が二重人格者で、普通の人間であるときと、彼の怖れる神であるときと、その二つを併せ持っている、と見ていたのだろうか。

「もしかして、リオンは、僕を救おうとしたのかもしれませんね」僕はそう呟いていた。「僕が狂った殺人者にならないように、彼は、僕に手を差し伸べていたのかもしれない」

「どういうことだね、それは？」

「結局、僕が悪いんです。僕に責任があります」

僕は、ミシェルのことを、リオンに言わなかった。誰にも説明しなかった。だから、誤解が生じた。リオンも警察も間違えた。僕が、隠していたせいだ。

さらに言えば、僕は、ミシェルにリオンのことを話さなかった。それこそ、僕が無意識のうちにリオンに惹かれ、ミシェルに見つからないようにしていたという証拠だ。ミシェルは、僕がリオンについて隠すことで、きっと確信しただろう。

僕は、考えもしなかった。まさか、そんなことがこの事件に関係しているなんて。しばらく考え込んでしまって、教授と話をするのを忘れていた。

「あ、すみません」僕は謝った。

「何が？」

「いえ、黙っていて……」

「全然かまわないよ、レナルド。そうだ、あの話はどうする？　出版の件だよ。この事件のことを二人で本にしよう、と東京で話したね」

「ええ、覚えています」

「気が進まないだろうね。こんな結果になったのだから。私は、どちらでも良いと思っている。無理をすることはない」

「だけど、記録を残すなら、僕が適任ですね」

「そうなんだ。それから、もう一つ効果がある」

「効果？　というと？」

「リオンが君の話を直接聞こうとしない、と言ったね。でも、彼は本を読むだろう？　学生のときは、そんな彼を良く見かけたものだ。君が本を書いたら、きっと読んでくれる。読めば、きっと理解するだろう」

「それで、心を開いてくれるでしょうか？」

「それは、私にはわからない。あいにく、専門外だからね。でも、私はむしろ君に対して効果があると考えているんだ。書くことで、きっと冷静になれる。吹っ切れるものだ。そういう症例が幾つもある」

「そうですか」

「出版をする必要はない。彼が読むための一冊を作れば良い」

「そうですね」


それから、僕は自分のメモを、ストーリィに書き直した。できるだけ、客観的に書こうと努めたけれど、それはとても難しかった。ときどき、どうしても自分が思ったこと、感じたことを書かなくてはならなくなった。また逆に、どうしても書きたくないディテールがあった。そこは結局最後まで文章にできなかった。

だからこれは、真実というよりも、真実の上辺の本当に綺麗な上澄みだけを掬《すく》い取ったものだと思う。

でも、これを僕は、
リオン・シャレットに捧げる。

最愛の友へ。

どうか、神のご加護を、彼に。

＊本書は幻冬舎創立二十周年記念特別書き下ろし作品です。原稿枚数五五八枚（四〇〇字詰め）。

神様が殺してくれる

Dieu aime Lion

2013年6月25日　第1刷発行

著者
森 博嗣

発行者
見城 徹

GENTOSHA

発行所
株式会社 幻冬舎
〒151-0051 東京都渋谷区千駄ヶ谷4-9-7
電話 03-5411-6211(編集) 03-5411-6222(営業)
振替 00120-8-767643

印刷・製本所
株式会社 光邦

ISBN978-4-344-02409-0 C0093

幻冬舎ホームページアドレス http://www.gentosha.co.jp/
この本に関するご意見・ご感想をメールでお寄せいただく場合は、comment@gentosha.co.jpまで。

ブックデザイン
鈴木成一デザイン室

カバー写真 Kristina Greke/E+/Getty images